coleção
reconstruir

CB137571

SONIA RODRIGUES

A GAROTA DOS SEUS SONHOS E O CARA QUASE PERFEITO

Reconstrução livre do mito
A Caixa de Pandora

Ilustração
SANDRA BIANCHI

Conforme a nova ortografia

Formato

FICHA CATALOGRÁFICA

Dados Internacionais de Catalogação na Publicação (CIP)
(Câmara Brasileira do Livro, SP, Brasil)

Rodrigues, Sonia
A garota dos seus sonhos e o cara quase perfeito / Sonia Rodrigues ; ilustração Sandra Bianchi. – São Paulo : Formato Editorial, 2004. – (coleção Reconstruir)

"Reconstrução livre do mito, A caixa de Pandora"

ISBN 978-85-7208-417-8

1. Literatura infantojuvenil I. Bianchi, Sandra. II. Título. III. Série.

04-5551 CDD-028.5

Índices para catálogo sistemático:
1. Literatura infantojuvenil 028.5
2. Literatura juvenil 028.5

1ª edição
8ª tiragem, 2018

CL 810962
CAE 576966

A GAROTA DOS SEUS SONHOS E O CARA QUASE PERFEITO / A CAIXA DE PANDORA

Coleção ***Reconstruir***
Texto © 2004 SONIA RODRIGUES
Ilustração © 2004 SANDRA BIANCHI

FORMATO EDITORIAL

Diretoria Editorial
SONIA JUNQUEIRA

Editoria de Arte
NORMA SOFIA

Assistência Editorial
ESTER RIZZO
JAKELINE LINS
LUCAS SANTOS JUNQUEIRA

Secretaria Editorial
FLÁVIA ARAÚJO

Editoração Eletrônica
MÁRCIO RIBEIRO (coord.)
BRUNO MARTINS

Preparação de Texto
SHIRLEY GOMES
Revisão Final
SÔNIA MÁRCIA CORRÊA

Impressão e acabamento
RENOVAGRAF

Direitos reservados à
SARAIVA Educação Ltda.
Avenida das Nações Unidas, 7221 – Pinheiros
CEP 05425-902 – São Paulo – SP
Tel.: (0XX11) 4003-3061

Proibida a reprodução total ou parcial desta obra sem o consentimento por escrito da editora.

SUMÁRIO

Existe grande beleza na verdade, mesmo quando ela é aterrorizadora. Os contadores de histórias sentados nos patamares das cidades torcem a realidade para que a história se apresente mais bonita aos ouvintes preguiçosos, estúpidos e fracos. Isso consegue apenas aumentar-lhes a preguiça, a estupidez e a fraqueza, e não lhes ensina nada, não soluciona coisa nenhuma e nem dá experiência às almas.

O pai de Lee para o filho em A *Leste do Éden*, de John Steinbeck

***

Para os povos primitivos, o mito é a verdade.

Mito e *Realidade*, Mircea Eliade

Para minha filha Júlia, que aprendeu cedo o valor da escolha.
Para meu tio-avô Francisco Camejo, que me ensinou a importância de preservar a descendência e proteger o futuro.

O HOMEM FELIZ

A Irmã era conhecida por sua competência e severidade no cumprimento das regras do hospital. Por isso, a estagiária estranhou quando ela acorreu para receber com um sorriso o visitante. Aquele não era o horário de visitas na Unidade de Tratamento Intensivo. Mas, naquele momento, Irmã Maria de Jesus não se incomodava com esse detalhe. Providenciou um traje esterilizado para que o homem vestisse por cima do *smoking* e ainda o ajudou a colocar as mangas e a calçar as botas cirúrgicas por cima dos sapatos.

"Eu queria que as outras irmãs vissem essa cena", pensou a freirinha, sabendo que jamais teria coragem de contar para ninguém o que estava acontecendo porque seria mandada embora de imediato, depois de ouvir um longo e torturante sermão sobre a perversidade da intriga.

O homem era bonito, parecia ter uns quarenta anos, e, com a voz num tom baixo e rouco, falava carinhoso com a velha enfermeira, – observava a estagiária, mantendo os olhos baixos, com a curiosidade roendo-a por dentro.

A Irmã o levou para dentro de um quarto onde um velho agonizava rodeado de aparelhos e saiu logo depois, deixando o paciente e o visitante a sós. Outra infração ao regulamento. Naquele hospital, ninguém ficava sozinho com pacientes à beira da morte. Se pudesse, a estagiária se tornaria invisível e entraria no quarto para escutar a conversa. Mas não soube o que os dois conversaram, nem por quanto tempo, pois a Irmã Maria de Jesus a mandou, com a sua habitual aspereza, fazer uma tarefa qualquer em outro andar.

No quarto, o homem de *smoking* escutava, sombrio, as últimas palavras do seu velho mestre. Eram previsões apocalípticas demais, ele gostaria de não acreditar nelas, mas sentia ser impossível. Tudo o que aprendera na vida, desde a juventude, devia ao velho. Nunca tivera a oportunidade de vê-lo errar nos seus diagnósticos. Científicos ou pessoais.

– Os norte-americanos querem que você vá trabalhar com eles por causa da pesquisa sobre o *anthrax*. Eles sabem que você foi meu assistente a vida toda – falava o velho aos arrancos; o enfisema fizera o estrago inicial, o câncer estava liquidando-o.

– Eles dizem que é para desenvolver defesas para a eventualidade de as velhas doenças renascerem – tentou tranquilizá-lo Nicodemos. – É um projeto preventivo, uma precaução contra possíveis chantagens terroristas.

– Mentira! Querem desenvolver a prevenção em defesa própria e querem estar preparados para usar a doença como arma. Lembre-se de Hiroshima, da guerra fria. Eles continuam no Vietnã.

– Perdendo, professor. Não vão demorar a sair – Nicodemos tomou nas suas as mãos geladas do outro. – Em breve, serão derrotados no sudeste asiático. Nós ainda vamos comemorar.

– Continuam dominando toda a América – o velho pareceu não ouvir o que ele acabara de dizer. – Estão apoiando os golpes de estado, nós seremos os próximos. No máximo em um mês as tropas estarão nas ruas. Poderão obrigar você a colaborar com eles.

– Não se preocupe, eu não sou político. Nunca me interessei por partidos, de oposição ou governo. Não tenho lâminas de doenças extintas nem interesse em ir para os Estados Unidos. É impossível me chantagearem – afirmou Nicodemos.

– Eu tenho, meu filho – desta vez foi o velho que agarrou suas mãos. – Tenho as culturas que podem, se espalhadas, envenenar o sangue, a carne, o cérebro de quem entrar em contato com elas. Estão bem armazenadas numa caixa blindada, a Irmã sabe onde, mas preciso entregá-las para alguém. Eu não passo desta noite. E a democracia em nosso país não dura nem quinze dias.

Nicodemos Guatierez ouviu chocado essa confidência. Então o velho conseguira! Concretizara a pesquisa de uma vida inteira e se tornara o único possuidor de um tesouro horrível, que poderia ser a base de pesquisa de muitas gerações. Uma herança perigosa se seu prognóstico sobre a situação do país se confirmasse. Mesmo não querendo se envolver em política, era impossível não saber o que os grupos paramilitares andavam fazendo há meses. Se seus mentores tomassem o poder, bastaria confinar a oposição num bairro qualquer, num estádio, num clube, e abrir a caixa num reservatório de água. Não queria nem pensar nessa hipótese.

– Professor, essa caixa tem de sair do país imediatamente. Talvez a solução seja entregá-la para um organismo internacional – propôs Nicodemos.

– Organizações internacionais são colegiados financiados pelas nações mais fortes. Eu sei, você sabe. Não, Nicodemos, talvez daqui a dez, vinte anos, possamos desenvolver a pesquisa sobre a cura. Hoje, precisamos é manter em segurança essa pesquisa.

– O que eu posso fazer, professor? O senhor sabe que farei o que for preciso – disse Nicodemos, conferindo preocupado os gráficos dos aparelhos do velho professor que confirmavam seu fim próximo. Provavelmente, só a importância do que estava falando ainda o mantivesse vivo.

– A caixa precisa sair do país. Junto com você. Ser levada para longe antes que a ditadura se instale. Ninguém pode saber do plano – o velho tomou fôlego. – Como você está de mulheres?

– O senhor sabe, depois que a mãe de Lorena morreu, eu me dedico a criar minha filha. Ela é toda minha família – respondeu Nicodemos sem saber aonde o outro queria chegar.

– Bobagem. Até as pedras sabem que você adora mulheres e coleciona namoradas. A atual é daqui? Entende alguma coisa de pesquisa?

– Não. Para as duas perguntas. É advogada, muito inteligente, trabalha para uma grande empresa com sede no exterior, mas nos vemos com bastante frequência.

– Ótimo. Isso facilita a sua saída. Não existe nada que o prenda aqui.

Nicodemos poderia argumentar que gostava da praia, dos amigos, do seu laboratório na universidade, da equipe. Ou que a filha, Lorena, sentiria falta dos coleguinhas de escola, do ambiente em que se criara. Sabia, porém, que o que estava em jogo era muito mais importante do que qualquer comodidade pessoal.

E dava razão ao velho mestre, o risco de uma ditadura era iminente e o uso indevido das lâminas seria fatal.

– Eu o farei, professor. Prometo que protegerei sua pesquisa – assegurou Nicodemos, apertando a mão frágil e envelhecida sobre a coberta.

No restante da noite, a estagiária correu feito uma barata tonta para cumprir com suas obrigações. No final do plantão, quando voltou, encontrou Irmã Maria de Jesus preparando o corpo. O velho havia morrido, e ela nunca soube sequer o nome do visitante. Não soube também que antes que retornasse à Unidade de Terapia Intensiva, a velha Irmã entregara ao visitante uma maleta escura que estivera depositada numa geladeira do necrotério desde o dia em que o velho cientista chegara ao hospital. Havia muita coisa que a estagiária ignorava. Ela e o mundo.

***

Era o final do verão de 1967. No aeroporto acanhado de um pequeno país no Caribe, uma comitiva oficial esperava a chegada do avião que traria um importante passageiro. Apesar do calor, os homens vestiam terno e gravata por imaginarem ser o mais adequado ao importante convidado que aguardavam. O comitê que recepcionaria o famoso cientista fora cuidadosamente discutido durante dias, e dele faziam parte o governador da província, o reitor da universidade, o diretor da imigração, um representante do presidente da República. A única mulher do grupo era a tímida e eficiente doutora Mercedes Anquises, chefe do Departamento de Biologia, cujo papel seria decisivo e surpreendente para os acontecimentos futuros. Todos estavam presentes para demonstrar o quanto o país se sentia honrado pelo fato de o doutor Nicodemos Guatierez ter aceitado montar o Departamento de Biotecnologia da Universidade Nacional.

Ciente da importância da missão, o grupo se adiantou até a ponta do tapete vermelho, estendido quando o avião finalmente aterrissou e os procedimentos de descida terminaram. A aeromoça e o comandante apareceram no alto da escada, acompanhando um grupo de três pessoas. Riam muito como se estivessem de folga e se divertindo bastante, o que pareceu estranho aos que esperavam. Mais estranho ainda eram os recém-chegados. Uma mulher alta, loura, muito elegante, trazia pela mão uma menina entre seus dez, onze anos, cabelos castanhos dourados, magra, longas pernas finas num vestido estampado que parecia largo demais para o seu corpo. Um homem se adiantou, estendendo a mão para que descessem a escada.

As autoridades presentes se entreolharam. Ninguém mais desceu do avião, então Nicodemos Guatierez só podia ser aquele homem, porque o aparelho se deslocara num voo de seis horas unicamente para buscar o cientista e sua família. O homem que se despedia da tripulação, com grandes abraços e beijos na aeromoça, era quem esperavam, apesar da bermuda que mostrava as pernas bronzeadas de sol, da camisa de cor berrante, dos óculos escuros, dos cabelos grisalhos revoltos e do sorriso travesso que em nada combinavam com a ideia que tinham dele.

Ali estava o famoso Nicodemos Guatierez, disputado por vários países como um dos mais promissores cientistas de sua geração, o que recusara o convite do gigante do Norte e decidira ajudar o progresso científico de Natividad.

Esquecendo o discurso empolado que havia preparado para a recepção, o reitor, um homem pequeno e moreno, se adiantou para receber o mais novo membro de sua equipe.

– Professor Anibal Ventura, suponho – disse o homem alto e charmoso, apertando com força a mão do homenzinho.

– Deixe-me lhe apresentar minha filha, Lorena, e uma amiga muito querida, Virgínia. Tenho certeza de que vamos adorar este país.

***

Agora, novembro de 1973, Lorena tinha dezesseis anos e havia caído numa armadilha da qual não sabia como sair. Adoraria ser uma garota comum com algumas particularidades inevitáveis, como ser filha de um cientista famoso e órfã de mãe. Temia, no entanto, devido aos acontecimentos inusitados daquela primavera, estar sendo testemunha do fim do mundo. E muito pior: o mundo ia acabar e, se não aparecesse logo uma solução, acabaria antes de ela corrigir seu erro. E quem sabia que o mundo iria acabar e tinha alguma culpa num episódio desta envergadura perdia o privilégio de tentar ser uma pessoa comum, o que Lorena considerava uma pena.

Há quase seis anos, ela e o pai viviam num país estrangeiro porque ele havia decidido, como dissera na época, que não queria que a filha crescesse numa ditadura. Não adiantou muito a transferência porque ditaduras mais ou menos disfarçadas se tornaram a norma no continente e há dois anos se instalara mais uma no paisinho em que pai e filha vieram se meter.

Quando Lorena fez quinze anos, o pai lhe dera a chave da caixa preta, a causa de tudo o que aconteceu a partir de então. Mas essa história precisa ser contada com calma para que Lorena tenha uma chance de defesa.

É claro que ela se sentia culpada por ter feito uma grande besteira, mas a seu favor é preciso ser dito que a culpa maior estava em sua origem. Foi o que seu pai defendeu pelo resto da vida, apesar de só ter entendido quando era tarde demais.

Lorena era filha de um homem fora do comum. Era o que todo mundo lhe dizia desde pequena. Não diziam que era horrível ser filha dele – ela, com certo esnobismo e alguma razão, não considerava as pessoas, em geral, capazes de um raciocínio completo a esse ponto –, diziam, sim, o quanto seu pai era especial. De que lhe servia um pai especial – era o que ela sentia desde o início da adolescência – se estava sempre sofrendo por causa dele?

É claro que nem adiantava tentar explicar sua irritação ao pai. Ele a olharia por cima dos óculos – o que ela odiava! – e diria: "como minha filhinha é sábia". Era outra mania detestável dele: listar as "qualidades" da filha só para lhe dar trabalho. Ou para justificar o fato de ela ser completamente diferente de todas as garotas da sua idade, quando tudo o que sempre quis foi ser igual a elas.

O fato de não ter mãe fez com que ela fosse mais ou menos criada por um bando de namoradas do pai, as quais, para agradá-lo, procuravam ensinar à menina tudo o que podiam, com o objetivo de que pudesse cuidar dele o melhor possível quando elas fossem embora. Ele dizia que a filha era sábia porque, em vez de conhecer as músicas que tocavam nas rádios do calorento país onde vieram parar, ela era capaz de jogar pôquer e xadrez, conhecia os clássicos e conseguia escutar inteligentemente uma conversa enfadonha de biotecnologia. Mérito de uma das "tias" com quem ele mais ou menos namorou por três anos, para quem a coisa mais importante do mundo para um homem era ter uma companhia feminina inteligente, e, desesperançada de um pedido de casamento e de criar sua própria filha com Nicodemos, tratara de ensinar esse princípio a Lorena.

Aretha há muito tempo sumira no mundo, mas suas cartas carinhosas passavam por cima do fato de Lorena estar condenada a conversar só com o pai, porque ela não encontraria nenhum garoto na infância ou rapaz na adolescência capaz de aturar alguém com a quantidade de vocábulos que ela usava.

Depois de Aretha, o pai teve uma namorada loura, esplendorosa e linda. A esperança de Lorena, dessa vez, foi de que ela se revelasse egoísta e burra, pois assim poderia ter bastante ciúme da possível madrasta e seria deixada em paz. Engano total. O charme do pai era de tal forma devastador que essa também se empenhou para fazer sua filha a sua imagem e semelhança. Com a maior doçura, Virgínia – era o nome dela – pôs Lorena a andar pela casa com um livro na cabeça ou a sentar à mesa com guardanapos de papel debaixo das axilas para consertar sua postura de "quem lê em excesso".

Lorena, a esta altura, já tinha consciência de que os ensinamentos anteriores a distanciavam da turma de sua idade, e não percebeu que as massagens capilares, as máscaras vegetais contra acne, as saladas deliciosas para controlar o peso, os jogos de palavras que Virgínia usava com ela, quando Nicodemos estava enfiado nos seus projetos, estavam transformando-a no que a outra era: alguém incomum.

Mas ela também foi embora e, quando partiu, Lorena pensou que as mulheres "fixas" haviam desaparecido da vida do pai e suspirou aliviada.

Estava, mais uma vez, subestimando o poder de atração de seu pai. Logo, logo apareceu outra mulher para refrescar seus dias e aquecer suas noites. Nathalia ensinou a Lorena, durante as longas horas do dia nas quais ele desaparecia no trabalho, tudo o que sabia sobre o papel da mulher no mundo, a organizar a vida sob a ótica feminina.

***

Moravam no forno caribenho havia quatro anos, quando Nicodemos voltou de uma viagem de estudo acompanhado de Débora. Desta vez, Lorena aprendeu tudo sobre plantas, argila, pedras ornamentais, grãos e fios. Tornou-se uma pessoa capaz de fazer qualquer coisa para alimentar, enfeitar, aquecer pessoas famintas, carentes, malvestidas.

Distanciou-se mais ainda dos colegas, pois, é claro, nenhuma garota da escola para estrangeiros que ela frequentava sabia fazer o pão com gergelim, o hambúrguer de soja tão perfeito, parecendo até carne, o molho mais saudável e gostoso que se pudesse pensar. A pele cuidada, os cabelos cortados em casa, impecáveis, blusas feitas por ela mesma, e, o que é pior, uma postura de manequim. Nada de espinhas, roupas mal lavadas e jogadas pelos cantos, barriga fora do lugar, celulite. Viciada na beleza, na economia, na elegância e sem saber sair disso.

Lorena se sentia um monstrinho de perfeição, um pedaço de cada uma das apaixonadas do pai, e só sobrava para ela, de atenção masculina, os colegas dele, mas todos, com mais de quarenta anos, lhe pareciam velhíssimos. Estes lhe diziam o quanto ela era "encantadora", quando tudo o que ela queria era ser como as outras meninas, que escreviam nas portas dos banheiros da escola o que fizeram, faziam ou pretendiam fazer com o rapaz mais disputado da temporada.

Aquela educação, que ela considerava defeituosa, fez dela a melhor amiga de todos os rapazes, a conselheira de moda e cosméticos das garotas, além de, é claro, a sabichona que dá "cola" nas provas.

Os rapazes mais velhos eram aqueles para quem ela estendia os olhos, e talvez por isso tenha se apaixonado por William de forma tão avassaladora a ponto de, por ele, fazer o que não devia. E, nos acontecimentos que se sucederam, Lorena Guatierez ficou sem saber como sair da encrenca que arrumara.

***

O doutor Nicodemos Spínola y Guatierez refazia uma experiência, concentrado, tentando descobrir como e por que sua previsão inicial falhara. Estava medindo variáveis e retestando-as há algumas horas sem se sentir cansado ou desanimado. Não deixaria o laboratório enquanto não encontrasse a resposta de que precisava.

Sua principal assistente, Mercedes, a bióloga baixinha e morena que o acompanhava desde sua chegada a Natividad, já terminara há muito o que fazia, mas se deixava ficar por ali, à disposição de alguma ordem ou pedido do chefe, por quem ela faria qualquer coisa.

Um jovem auxiliar era a terceira pessoa no laboratório. Julian, ao contrário de Mercedes, estava impaciente para sair. A bolsa de trabalho que a universidade lhe pagava não computava horas extras nem alimentação, e seu jovem organismo de dezenove anos, em fome permanente, cobrava combustível para se manter de pé. A repetição infindável das mesmas experiências lhe parecia enfadonha e, mentalmente, ele maldizia as pressões do irmão, às quais cedeu ao se candidatar à bolsa só para estar perto do famoso biólogo – vigiando seus passos.

O rosto de Paco, o irmão mais velho, visto de relance pela janela, o fez decidir.

– Doutor Nicodemos, o senhor ainda vai precisar de mim hoje? – perguntou Julian, recebendo de imediato um olhar de repreensão de Mercedes que se traduzia por "como se atreve a interromper o pensamento de um gênio?".

– Hein? – o cientista levantou o rosto do microscópio, olhando para Julian como se não o reconhecesse.

– Perguntei se o senhor precisa que eu continue aqui – repetiu Julian pacientemente, ignorando a carranca de Mercedes.

– Claro que não. Não preciso de ninguém. Se você, Mercedes, quiser ir embora também... – ofereceu o chefe.

– Nunca, doutor. Eu faço questão de fechar o laboratório. Conheço o meu dever – Mercedes não precisou acrescentar o que pensava: Julian, com certeza, não conhecia.

– Então, até amanhã – o rapaz tratou de pegar a mochila e sair antes que alguém mudasse de ideia. Paco estaria, com certeza, esperando no vestiário para conferir o relatório do dia.

Depois que ele saiu, Mercedes começou a arrumar o laboratório, colocou água para ferver e fazer um chá, preparou uma xícara e sentou-se num banco perto do cientista, observando-o. Naquela posição, no tamborete alto, ela não parecia tão pequena; sua testa, que ficava próxima ao queixo dele, quase alcançava os olhos do cientista, e o seu silêncio e o cheiro do chá fumegante acabaram por distrair Nicodemos.

– Por que você não fala logo? Eu devia ter almoçado, mal bebi um copo de água desde que cheguei, o que mais eu não fiz e devia ter feito além de achar a solução para esta maldita fórmula?

Ela não respondeu, apenas sorriu da falsa irritação dele. Nicodemos tomou um gole de chá, agora concentrado na assistente e não mais no trabalho.

– Eu também não beijei você hoje. Não sei como estou resistindo, há mais de vinte e quatro horas eu não beijo você...

Mercedes continuou em silêncio enquanto ele se inclinava para beijá-la e retribuiu-lhe com calor, mas sem arroubos. Foi ela que se afastou, descendo rapidamente do banco, quando ele quis prolongar o beijo e apertar o abraço.

– Doutor Nicodemos Guatierez, o que diria o magnífico reitor se soubesse que o laboratório de biotecnologia é palco de beijos tórridos?

– Doutora Mercedes de Anquises, o laboratório é palco de beijos porque a senhora não aceita ser beijada na minha casa, e na sua tem sobrinhos demais para que se possa alcançar o sossego necessário para a boa arte.

– Eu não acho que seja bom para a menina você levar outra mulher para perto dela agora, Nico. Lorena precisa um pouco do pai.

– Bobagem, ela me tem o tempo todo, dedicação exclusiva.

Ele tentou se aproximar de novo, e já não parecia mais o cientista concentrado do momento anterior. Mercedes correu para a porta, dando uma pequena risada de susto.

– Hoje não tem irmãos e sobrinhos lá em casa. Se você quiser compartilhar comigo a ceia de carne e milho... – ela o convidou já da porta. – Receita de índio.

– Adoro heranças indígenas. Eu vou. Meia hora no máximo – prometeu Nicodemos.

– É melhor você demorar um pouco mais. Acho que uma hora seria o tempo ideal para mim.

Ela saiu, e Nicodemos Guatierez se perguntou, mais uma vez, o que via naquela índia sem charme e beleza que trabalhava com ele havia cinco anos e seis meses, sem merecer mais atenção do que qualquer homem da equipe. Se algum dia lhe dissessem que ele se apaixonaria por uma mulher sem sofisticação e com opiniões firmes a respeito de tempo e conveniências, ele não acreditaria. Mas ali estava, nos últimos seis meses, ele, um conquistador dos quatro continentes, aos cinquenta anos, se submetendo a limites nunca antes imaginados como aquele de ela não ir a sua casa, não se envolver com Lorena e só recebê-lo no pequeno e acanhado apartamento quando os numerosos e barulhentos parentes não estivessem por perto.

"E se essa baixinha usa algum truque da tribo dos avós para me enfeitiçar? Acho que para me livrar dela vou ter que sair do país", pensou Nicodemos enquanto recomeçava o trabalho e acertava o cronômetro para sair no tempo que ela estabelecera. Era um cientista incrédulo, não acreditava verdadeiramente em feitiços ou na possibilidade de anjos escutarem e dizerem amém para comentários fortuitos como aquele. Apesar da incredulidade, um dia, ao se lembrar daquele pensamento, se lamentaria. Mas aí seria tarde demais.

Do outro lado da cidade, Mercedes saía de um banho quente de banheira com ervas secas e cheirosas, maceradas

como as mulheres da tribo da avó costumavam fazer há séculos quando desejavam que a Natureza ficasse do lado delas. Enrolou um pano colorido no corpo ainda úmido e limpou o espelho embaçado pelo vapor para examinar o rosto.

Belo colo, pescoço curto, rosto comum, mistura de raças – falou em voz alta para a própria imagem.

Estendeu e examinou com cuidado as mãos e começou a colocar os anéis coloridos que gostava de usar quando Nicodemos a visitava. Depois colocou a tornozeleira usada na primeira vez que ele estivera em seu apartamento. Passou creme no corpo, preparado com as mesmas ervas do banho.

– Corpo quente, mãos prontas para acariciar e cuidar de um homem ou de um filho – murmurou para si mesma, num elogio que lhe desse coragem para o objetivo que tinha naquela noite.

Julian, àquela hora, estava sentado com o irmão Paco numa mesa de canto num bar do porto, onde marinheiros recém-chegados se misturavam com o pessoal da estiva e com mulheres muito jovens ou velhuscas gordas dispostas a ajudá-los a gastar dinheiro.

Outra vez, o irmão mais jovem pensou no quanto a vida maluca que levava estava transformando o mais velho. Paco fizera sinal de silêncio no vestiário do laboratório e o conduzira até ali para conversarem. Cada dia, o levava para um lugar mais distante e estranho, mas nunca para o mesmo lugar.

Julian se perguntava onde estaria dormindo o irmão desde que saíra de casa. Como se mantinha? Supunha que a organização lhe desse algum dinheiro, já que Paco não podia trabalhar ou estudar porque fora fichado na última revolta estudantil. Se os dois tivessem o mesmo sobrenome, se não fossem filhos de mães diferentes, esse seria o seu destino também, porque o governo costumava colocar na lista negra não só os revoltosos como também seus parentes próximos.

– Já descobriu onde o doutor guarda os resultados? – perguntou Paco, quando Julian acabou de devorar a fritada de batatas e as fatias de pão de milho que a acompanhavam.

– No laboratório é que não é. Outro dia, a assistente dele quase me pega vasculhando as gavetas – Julian tornou a encher o copo de sangria enquanto observava a expressão de desânimo do irmão. – Afinal, por que vocês estão tão interessados nesses resultados?

– Eu estou interessado. A organização nem sabe o que eu pedi para você. Eu tenho certeza, Julian, de que Nicodemos Guatierez continua pesquisando doenças extintas.

– Você está enganado. O governo pagou o peso dele em ouro, dizem, para trazê-lo para cá com o objetivo de produzir vacinas. Doenças extintas foi um sonho que ele teve um dia, quando era jovem. Há mais de vinte anos, o homem se dedica a pesquisar a cura, não a perder tempo com peste bubônica. Tire isso da cabeça, Paco. Cuide da sua vida.

Nesse ponto, a conversa, com poucas variações, se repetia todos os dias. Julian tentava convencer o irmão a emigrar, não para os países vizinhos onde os governos eram ainda mais ferozes, mas para algum lugar mais distante e civilizado. Um lugar onde ele pudesse retomar os estudos de biologia, desenvolver as ideias que faziam dele um estudante brilhante. Largasse aquela organização de jovens visionários, cada um mais rigoroso do que o outro, que produziam papéis mal impressos numa linguagem raivosa e pouco compreensível, denunciando coisas que o povo estava cansado de saber e fazia questão de ignorar.

– E sobre a vida pessoal, o que foi que você levantou? – perguntou Paco, afastando com as mãos, num gesto bem seu, os argumentos do irmão.

– Ele mora com a filha numa casa antiga na Praia das Cruzes. Dizem, eu não a conheço, que é jovem, linda, muito bem-educada – contou Julian.

– E a deusa, fala? – perguntou Paco, zombeteiro. – Não precisa responder. Deve ser a garotinha do papai, mimada, sem nada na cabeça...

– Aí é que você se engana. Me contaram que ela conversa horas com ele, fazendo as perguntas certas, entendendo todas as explicações, quem me contou isso foi a assistente, Mercedes. Acho que falou com uma ponta de ciúmes.

– É mesmo? Aí pode estar uma pista interessante. Quem sabe a filha tem alguma informação?

– Informação de quê? Deixe disso, Paco – contestou Julian, que adorava o irmão e não se conformava com sua pretensão de saber mais do que os outros, mesmo quando as impressões de Paco se confirmavam. – Ela é uma adolescente como outra qualquer, mais bonita, é claro, mas não tem nenhum envolvimento em intrigas científicas de interesse internacional. Isso já está virando mania.

– Você dizia a mesma coisa quando eu previa que o governo ia endurecer tanto com os estudantes que, mais dia, menos dia, acabaria colocando na rua um decreto proibindo de estudar em qualquer lugar do país os que lhe fizessem oposição – contra-atacou Paco.

– Está certo. Por acaso, você acertou. Mas...

– E depois de fazerem isso, eu disse que eles inventariam uma forma de "cadastrar" todo mundo. E a cada vez que um dos opositores fosse procurar emprego, alugar casa, tentar viajar, seria obrigado a tirar um atestado de civismo e não conseguiria. Você me disse que isso era delírio ou ficção científica. Está lembrado? – Paco continuou implacável, a sangria tinha sempre esse efeito sobre ele. Aumentava sua teimosia.

– Lembro, você realmente conseguiu prever essas loucuras, mas daí a achar que o governo trouxe Nicodemos Guatierez para cá única e exclusivamente para colocar as mãos num tesouro tenebroso guardado há quase vinte anos é um pouco demais. É um exagero tão grande que você não tem coragem de contar para a sua organização – declarou Julian, triunfante por ter descoberto um ponto fraco nos argumentos do irmão.

– Você está enganado. Eu não conto as minhas suspeitas para a organização porque seis pessoas, no mínimo, ficariam sabendo. O meu comitê inteiro. E a direção. Talvez mais. Não conto porque existem dirigentes presos e alguém aqui de fora acharia importante que eles também ficassem sabendo. O recado seria enviado por algum parente. Os prisioneiros conversariam, entre si, no dia do banho de sol. Mesmo sem tortura, o governo saberia. Muito rápido. Prefiro confiar em você que é da família – arrematou Paco, chamando o garçom para pagar a conta.

– Deixa que eu pago hoje. Você deve estar passando dificuldades, eu, pelo menos, não gasto com aluguel – insistiu Julian, um pouco embriagado pela sangria, comovido pela admiração, pela preocupação de saber o irmão solto pelas ruas, perseguido.

– Quem disse que eu gasto? Eu sempre arranjo lugar para ficar hospedado por um dia ou dois. As mulheres do povo são muito solidárias com jovens simpáticos e carentes como eu –

riu Paco, tirando umas notas miúdas da carteira e deixando-as em cima da mesa. – Você podia sondar seu chefe se ele não precisa de algum trabalhador braçal na casa. Jardineiro, motorista, alguém para a faxina pesada. Não é preciso apresentar atestado para esse tipo de serviço e eu poderia investigar a casa.

– Você, mano? – escandalizou-se Julian, com a hipótese de ver Paco, cujas mãos só conheciam retortas de vidro e teclas de piano, lavando carro e encerando o chão para Nicodemos Guatierez. – Eu jamais proporia uma coisa dessas.

– Não é você, sou eu que estou propondo – respondeu Paco. – É um favor que você me faz. Eu teria chances de descobrir alguma coisa e de quebra ficaria mais independente do dinheiro da organização. Se você soubesse a chatice que é ter o dia inteiro disponível para cumprir ordens, no mais das vezes, burras!

A TERRA TREME

Perto do Natal de 1973, Lorena se aborreceu com o que considerou um desmando do pai. Nicodemos resolveu empregar na casa alguém que a moça classificou, de imediato, como um troglodita.

A empregada, Conchita, só sabia de verdade lavar e passar, o que aliás fazia magnificamente. Toda a roupa ficava em pé sozinha, e, além disso, ela a incensava com alfazema e benjoim para afastar os maus espíritos que "vivem lá embaixo", como costumava dizer. Quanto ao restante do serviço, Conchita era de uma incompetência atroz. Por mais que Lorena tentasse, não conseguira, em seis anos, ensiná-la a manejar um esfregão. O máximo que a empregada fazia, além de lavar e passar, era tirar o pó dos móveis e varrer. Pai e filha não tinham sido envenenados ainda porque Lorena fazia questão de cozinhar.

Em dezembro, Conchita alegou que não conseguia mais varrer a casa. Dizia que sentia dores terríveis nas costas e nas mãos. Nicodemos, que não resistia às queixas femininas, mesmo quando partiam de uma mulher gorda, desdentada e velha, não quis sobrecarregar a filha, e a solução apareceu sob a forma de um rapaz que lhe foi recomendado por um dos auxiliares do laboratório.

O troglodita, como Lorena o chamava com irracional antipatia, respondia pelo apelido de Paco e trabalhava duro e em silêncio, de sol a sol. Limpava as ervas daninhas com vigor e não discutia ordens. Lorena não o achava confiável, talvez porque, logo nos primeiros dias, surpreendera uns olhares meio estranhos dele para dentro da casa como se sua humildade silenciosa fosse uma máscara. Olhares para os armários, para a escrivaninha, para o piano, quando ele encerava os cômodos ou lavava as vidraças. Trabalhava bem, quase em excesso, um furor de limpeza que despertava suspeitas. Talvez porque, naquele país, os homens consideravam trabalho doméstico coisa aviltante, de mulher. Foi um custo impedi-lo de fazer uma faxina no quartinho dos fundos, onde eram guardadas "as relíquias de papai", como dizia Lorena.

O diálogo entre ele e a moça foi meio absurdo, ele agindo – ela contou depois ao pai – como um dos índios que foram exterminados em Natividad nos primeiros anos da descoberta, há séculos.

– Ei, Paco, nesse quarto não é para mexer – dissera Lorena, de forma suave, para disfarçar a antipatia por criados recém-chegados que tomavam iniciativas por conta própria.

– Está muito sujo. Eu limpo – ele foi entrando com seus apetrechos, como se não tivesse entendido o que lhe fora dito.

– Não. Você não limpa. Eu limpo, quando tiver tempo – Lorena ficou na frente dele como um sinal para que recuasse. O que não adiantou.

– A mocinha vai estragar as mãos – respondeu o rapaz com arrogância, sem arredar o pé. Foi nesse momento que ela percebeu que o rosto dele não combinava com seu jeito troglodita de ser. Os traços finos, a pele clara, mais para o tipo espanhol. Devia ter, no máximo, vinte, vinte e dois anos.

– Não interessa se eu tenho tempo ou não, minhas mãos são problema meu. Obedeça! – ela tentou fazer a voz gélida que a primeira instrutora, a ex-namorada inteligente de Nicodemos, usava com os criados, mas sentiu que não funcionou. Ele a olhava com ar de riso.

– Eu limpo só por fora – disse o rapaz, como se estivesse fazendo uma concessão.

Lorena não respondeu. Trancou novamente o quarto e saiu o mais "senhora" que pôde. No final da tarde, voltou ao jardim e percebeu que ele havia limpado as paredes, porta e janelas do quarto por fora, como prometera. Limpou tão bem que, olhando pelo vidro, dava para se ver bem a grande bagunça lá dentro. As caixas, o pequeno *freezer*, o arquivo de metal. Com algum esforço se enxergava até as teias de aranha.

– Quer dizer que ele agiu no puro estilo: "mim, Tarzan, você, Jane"?

– Conversa sem sentido, papai. Ele é muito esquisito.

– O jeito é limpar o quarto. Você entra lá com ele e supervisiona.

– Eu?!! – reagiu indignada Lorena.

– Claro! Não dá para deixar um empregado chegar perto daquele *freezer*. Já esqueceu o que tem dentro dele? – Nicodemos encerrou o assunto e se voltou para os relatórios que levara para trabalhar em casa.

***

Julian não via Paco há quinze dias e, um pouco por preocupação, um pouco por curiosidade, ficou satisfeito quando o

doutor Nicodemos pediu-lhe para ir buscar uma pasta que havia esquecido em casa, com os últimos resultados dos testes.

A casa ficava longe, era servida por um pequeno ônibus caindo aos pedaços, que deixava os visitantes não motorizados do outro lado da praia, e ele precisou andar pela areia sob o sol quente e ainda encarar a ladeira ajardinada, mas íngreme, que conduzia à residência dos Guatierez. Suado e sedento, parou na pequena enseada junto ao abrigo de barcos, tomando coragem para subir a ladeira. E invejando o jovem casal que se beijava dentro da água, perto de uma lancha último tipo.

O rapaz era louro, musculoso, devia ser estrangeiro. Talvez um dos turistas americanos que aportava por ali em busca das praias de águas verdes, da música caribenha e do sol permanente. Uma terra boa, bonita e barata, eles diziam quando chegavam com seus dólares e bom humor ruidoso. A moça, pelo tom da pele, podia ser nativa, mas Julian duvidava. Era esguia, o cabelo liso devia ser castanho dourado quando seco e o corpo, apesar das curvas, era mais magro do que o da maioria das garotas que fazia parte da população feminina, descendentes distantes de índios e escravos negros, mais corpulentas.

Pareciam estar se divertindo muito juntos, e Julian, com um suspiro, continuou seu caminho pensando como seria diferente sua vida se o pai não tivesse se entregado à melancolia e ao vinho e desbaratado a fortuna que a mãe de Paco trouxera da Espanha. Ele e o irmão poderiam viver numa casa de madeira e vidro como a de seu chefe, talvez ter uma lancha como a do provável americano, quem sabe uma garota como aquela nos braços. Sonhos. De qualquer forma, a garota lhe chamou a atenção e várias vezes ele se voltou para apreciar a beldade nos braços do gringo. Sujeito de sorte.

Julian encontrou o irmão ocupado em azeitar as dobradiças de uma porta velha, num cômodo atrás da casa. A criada entregara a pasta que ele fora buscar, com um resmungo sobre patrões que só não perdem a cabeça porque a têm bem presa ao pescoço, e apontou com um gesto ambíguo para o lado de fora, quando ele perguntou por Paco.

– Ele pode estar em qualquer lugar. Seu irmão tem mania de limpeza – resmungou, dando-lhe as costas e voltando para o rádio de pilha, que a todo volume tocava salsa, na pia molhada e cheia de verduras malcortadas.

Paco se voltou imediatamente, apesar de Julian ter procurado se aproximar sem fazer barulho.

– Rapaz, deve ser a coisa mais fácil do mundo roubar esta casa. Tudo aberto, a empregada uma desajuizada, o dono enfiado no laboratório o dia inteiro... – comentou Julian, depois de abraçar o irmão, quando sentaram os dois para conversar num ponto mais alto do jardim, de onde se via o mar e o casal de jovens, brincando na água.

– Não tem nada para roubar aqui. Nada para um ladrão comum – disse Paco pensativo. – Se tem alguma coisa preciosa é naquele quarto do jardim, o que eu estava investigando.

– E encontrou alguma coisa? – perguntou Julian com ar cético.

– Caixas velhas cheias de cartas de amor, poesia erótica e fotos de mulheres. Cada uma mais bonita do que a outra. Um *freezer* antigo muito bem-trancado e marcas de pés. Provavelmente, duas pessoas entraram lá molhadas.

– E aonde isso conduz? Qual é sua teoria mirabolante para essas pistas? – Julian não conseguiu evitar a ironia.

– Primeira hipótese: o patrão é o maior conquistador do qual eu já tive notícia. Muito mais do que nosso pai – enumerou Paco. – Segunda, alguma coisa preciosa está trancada no *freezer*. Ah, e na primeira gaveta de um arquivo de metal, também trancada, só a primeira gaveta. As outras guardam as poesias. Terceira, um casal andou se encontrando durante a noite lá dentro. As marcas são recentes, ainda estão úmidas.

– E você suspeita que desconhecidos mal-intencionados entraram lá em busca dos segredos amorosos do meu chefe – zombou Julian.

– Claro que não. Seria impossível entrar sem chave. Eu mesmo precisei fazer um molde de cera, ir até a cidade e pedir a um companheiro para reproduzir o molde para conseguir entrar. Foi a garota que se trancou lá dentro com o namorado – disse Paco.

– A garota? Que garota? – perguntou Julian, zonzo. – Então não existe nenhuma intenção escusa, é só um caso de namoro?

– A garota, Julian, é aquela beldade, lá embaixo, pendurada no pescoço de um americano desconhecido. Cheio de más intenções, não só em relação a ela. Ela abriu o quarto do jardim. Ele deve estar atrás de alguma coisa.

– Paco, deixe de asneira. Ele só está atrás de se divertir com uma menina bonita durante as férias. Eles adoram essas aventuras, os americanos que vêm para cá. Parece até que não namoram na terra deles – contestou Julian, com certa inveja.

– Ele tem uma lancha. Para que namorar no quarto do jardim, cheio de poeira? Ela não deixa ninguém ir lá dentro. Por que entrou com ele? – insistiu Paco. – O que tem dentro do *freezer*?

– Você já abriu o quarto, Paco. Abra o *freezer* e resolva essa dúvida. Mas faz direito, porque se o doutor Nicodemos descobrir que está aqui espionando, é capaz de denunciar você, e aí, meu irmão, Castanheda lhe espera.

Paco ficou em silêncio. Sabia que o irmão estava certo. A terrível prisão no alto do rochedo era o lugar para onde eram enviados os "políticos". Opositores de todas as classes e idades lá ficavam mofando, muitas vezes sem julgamento e submetidos a interrogatórios rigorosos. Ele afastou os pensamentos negativos.

– As chaves do *freezer* e do arquivo devem estar guardadas dentro de casa. A garota talvez saiba onde estão. Isso é o que eu tenho de descobrir. E bem rápido.

– Descobrir para quê? Paco, o que quer que esteja guardado dentro do *freezer* não é problema seu – Julian parou, chocado, perscrutando atento a face do irmão que se erguia teimosa na frente dele. – Já sei. Você continua pensando que o professor mantém pesquisas secretas sobre doenças extintas.

– Tenho certeza de que o resultado das pesquisas dele, ou pelo menos as pistas significativas, estão naquele *freezer* – admitiu Paco, de má vontade. – Preciso descobrir se minhas suspeitas são verdadeiras.

– Então, descubra e saia daqui logo, Paco. Você devia mesmo era cair fora do país, procurar um meio de terminar os estudos em outro lugar. Se pelo menos nosso pai tivesse guardado alguma coisa do dinheiro que sua mãe trouxe...

Paco passou o braço pelos ombros do irmão. Mal se lembrava da mãe, que morrera quando era bem pequeno. Lembrava, sim, da madrasta, a mãe de Julian, sempre tentando defendê-los das loucuras do pai. Recordações de infância não resolviam o presente. Não adiantava perder tempo com elas.

O importante agora era descobrir o que existia naquela casa e se o jovem americano era realmente um turista inofensivo. Se, pelo menos, a garota bonita não fosse tão fria com ele.

***

– Papai? – Lorena tentava atrair a atenção de Nicodemos, que lia uma revista científica. – Papai, você precisa trazer trabalho para casa todos os dias?

Os dois haviam acabado de jantar. Uma sopa insossa, acompanhada de uma torta solada de peixe e de um pudim passado do ponto. Lorena não tivera tempo de preparar o jantar, envolvida com William a tarde toda, e assim Conchita se vingara da maneira habitual. Fazendo malfeito o serviço.

Nicodemos afastou a revista e, pela primeira vez naquela noite, prestou atenção à filha. Era sempre um prazer olhá-la. Bonita, ajuizada, inteligente, a companhia ideal para um pai sobrecarregado de trabalho.

– Algum problema, filhinha?

– Papai, de onde saiu esse rapaz esquisito que está trabalhando aqui em casa?

– Esquisito? Ele me parece bom sujeito. Não está fazendo o serviço direito? Não foi ele que fez o jantar, foi?

O pai tinha notado o desastre, não era tão distraído assim, pensou Lorena. E estava esperando que ela explicasse a causa.

– Claro que não foi ele. E o serviço que ele faz é muito bem-feito. Mas ele cismou de limpar o quarto do jardim... – Lorena não queria contar para o pai sobre William, conhecia bem sua antipatia por americanos em geral. Ele atribuía aos gringos quase todos os males do mundo, das guerras às ditaduras.

– Você sabe que ninguém pode entrar naquele quarto, Lorena. A caixa é perigosa, eu já lhe avisei mil vezes.

– Eu sei, por isso preferia que mandássemos esse rapaz embora. Ele limpou o quarto por fora, já falou várias vezes que lá dentro pode ter escorpiões, cobras.

– É possível. Por que você não dirige a limpeza pessoalmente? Desde que ele não encoste no *freezer*, não tem problema.

– Você não entendeu a minha preocupação, papai. Não é só a limpeza. É ele. Sempre olhando tudo. No outro dia, eu o peguei aqui dentro, mexendo no piano, passando a mão nas teclas. Ele conversa com as plantas...

– Eu também conversava com plantas quando tinha tempo para cuidar delas. O rapaz é pobre, Lorena, precisa trabalhar, trabalha bem, qual é o problema em admirar o piano, as roseiras, os sinais de conforto e beleza que nós temos em casa? Você nunca foi injusta, minha filha, qual é o seu problema?

– Eu não tenho problema nenhum, papai – respondeu Lorena na defensiva.

– Acho que tem sim, se não o jantar não teria saído esse horror. Você precisa convidar seus colegas de colégio para conhecer nossa praia, trazer amigas para dormir aqui em casa, sair para dançar. Você está muito sozinha, Lorena.

Lorena não respondeu e Nicodemos, com um suspiro, voltou-se para a leitura enquanto ela se levantava e começava a tirar a mesa. Conchita tinha saído, era a folga de Paco, Lorena não fizera o jantar, mas lhe sobrara a louça.

***

Lorena se ressentiu com a sugestão do pai, apesar de não ter respondido na hora. Era fácil sugerir a vinda dos colegas de escola para casa porque não era ele que tinha de conviver com a distância existente entre ela e os outros. Na verdade, ele era o culpado de a filha ser tão diferente, não ter assunto para conversar e não conviver com gente da mesma idade. Era o que ela pensava, derramando mais detergente na pia do que o necessário para lavar a louça.

Esfregando os pratos com raiva, ela argumentava mentalmente com o pai que não teria se interessado tanto por William se Nicodemos não tivesse se encarregado de transformar, para os seus padrões, todo garoto de dezesseis anos num boboca inseguro. Se o pai tivesse ficado quieto no lugar dele, se não defendesse tanto a pureza de suas ideias a respeito da pesquisa científica, eles ainda estariam morando num lugar civilizado, onde ela poderia encontrar outros rapazes de vinte e cinco anos, os únicos que lhe interessavam. Rapazes como William.

Se o pai fosse um pai comum, trataria de encontrar uma mulher também comum e se casaria com ela, Lorena pensava, enquanto batia as panelas na cozinha, como Conchita nos seus dias de mau humor. Não seriam necessários os jantares criativos nem as conversas com ele sobre a reação dos animais de teste às vacinas. Outra mulher o ouviria se ele fosse um homem simples e não esperasse ter uma filha perfeita.

Ela não queria ser perfeita, não queria ser ajuizada. Queria ver a lua cheia num passeio de lancha com William e não ter que escondê-lo no único lugar da casa onde ninguém os podia ver: o quarto do jardim.

Aliás, se tivesse coragem, diria ao pai como era ridículo uma filha precisar esconder um namorado só por causa da nacionalidade. Lorena sabia que viviam em tempos difíceis, sabia que o pai suspeitava dos interesses escusos dos americanos ao tentar contratá-lo há seis anos, mas não queria ser uma cidadã do mundo, envolvida em responsabilidades políticas. Queria apresentar o namorado ao pai como uma garota comum podia fazê-lo.

Pensava nisso tudo enquanto lavava a louça, e sabia que não teria coragem de dizer nada disso para Nicodemos, nem no final dos tempos. É verdade que Lorena não podia imaginar o quanto estava perto aquele momento.

***

Paco se orgulhava de sua capacidade de inventar soluções para qualquer tipo de problema. A condução para seguir o americano, por exemplo. Ele foi até a cidade com a bicicleta velha que estava à disposição na casa de Nicodemos, mas aquele meio de transporte era ineficiente para acompanhar o carro moderníssimo do sujeito. Já não podia dizer a mesma coisa da moto estacionada na marina onde os ricos, visitantes ou não, guardavam lanchas e iates. Ele a pegou emprestada, deixando a bicicleta velha no lugar, para o caso de o dono precisar sair antes que voltasse para devolvê-la.

Outro problema. Como entrar no hotel de luxo para onde o americano se dirigiu? Paco procurou o chefe da cozinha, como se estivesse em busca de trabalho, e depois de atormentá-lo naquela hora totalmente inadequada conseguiu a promessa de que, se esperasse do lado de fora, teria uma chance para mostrar sua habilidade de lavar panelas.

O lado de fora, para Paco, era o que permitia a visão do salão. No local privilegiado, pôde assistir o americano e o seu convidado jantarem juntos em animada conversa. Quem estava sentado ali, com seus cabelos lustrosos e seu bigode de bandido mexicano era, nada mais nada menos, do que o chefe da polícia política, Carlito Esteban. Não podia ser coincidência, concluiu Paco, vendo se confirmar suas suspeitas de que o namorado de Lorena tinha outros interesses em Natividad, além da bela filha de Nicodemos Guatierez.

O cozinheiro, com suas maneiras histéricas, teria de esperar por outra oportunidade para assistir à sua competência com os pratos. Estava na hora de devolver a motocicleta e resolver uma outra questão, decidiu Paco, enquanto durasse o jantar daqueles dois.

Entrar na lancha não foi problema para ele. Em um ano de serviço militar obrigatório na brigada de paraquedismo havia aprendido um bocado de coisas sobre invasões de lugares inóspitos onde se esconderiam os inimigos reais ou imaginários do país. A revista do território hostil também fizera parte do treinamento e em meia hora ele havia descoberto tudo o que precisava, levando inclusive uma prova dos reais interesses de William Sharp no país e na casa de Nicodemos Guatierez. Ele a usaria se fosse necessário.

***

No dia seguinte à busca dada por Paco na lancha de William, Monica Esteban de Mendonza convidou Lorena Guatierez para um chá *only for women* na casa dela depois das aulas. A proposta era meio pedante, mas irresistível. Monica era a garota mais popular da escola: professores gostavam dela, o que não era vantagem em relação a Lorena, também um sucesso entre os mestres. Ela era popular entre os rapazes de qualquer idade ou segmento. E popular com as colegas. Todas queriam ser amigas de Monica. Sabia falar, se maquiar, e se vestia como ninguém da sua idade em Natividad. Não de uma forma original, estilosa, como Virgínia, a ex-namorada de Nicodemos, havia ensinado a Lorena. Monica se vestia no ponto certo. Sem peculiaridades que afastam as pessoas.

Nunca dizia coisas polêmicas, tinha um jeito suave de fazer com que o interlocutor se sentisse importante só por estar em sua presença, recebendo sua atenção. Ela era tudo o que as pessoas esperam de uma jovem. Era tudo o que Lorena nunca seria por ter sido criada, assim acreditava, de forma tão avessa a qualquer padrão sensato. Aceitou o convite, se sentindo mais feliz do que se sentia há dias.

A casa de Monica também ficava numa praia e o motorista particular as levou de carro: a anfitriã, Lorena, mais três meninas da turma, Consuelo, Brígida e Soraia.

O chá não era do jeito que Lorena imaginara ou teria servido. Primeiro, porque não existia chá propriamente, e sim um chocolate quente, grosso e muito doce, ao qual foi adicionado um licor forte, mais doce ainda, e um pouco de pimenta. Havia também doces de ovos, de coco e empanadas superapimentadas.

"Daqui a alguns anos, essas garotas serão umas gordas felizes, é o que tudo indica", pensou Lorena se empanturrando daquelas delícias.

Em meia hora, estavam todas meio bêbadas e o único assunto era homens. Ou as roupas que elas usavam nos encontros com eles. Ou joias que pretendiam ganhar dos namorados ou noivos que teriam um dia. As táticas de conquista a serem usadas. Eram o assunto das quatro. Lorena limitava-se a escutar, meio espantada, meio deliciada com os mexericos aos quais não estava acostumada.

– Rapazes gostam de mulheres quentes, mas não fáceis – disse Consuelo. – Especialmente, as mulheres com quem eles pretendem se casar. O meu namorado me pede há um ano uma prova de amor e eu lhe digo que depois do noivado pensaremos nisso.

– Sorte sua que tem um namorado paciente – invejou Soraia. – Eu sofri tanto quando me separei do Leon Hernandez, lembra, Moniquinha? Quase morri e, até hoje, não arranjei ninguém.

– Não arranjou ninguém? E quem era o moreno lindo com quem você trocava mil beijos outro dia na piscina de sua casa? – estranhou Brígida.

– Ah, aquele? Era o secretário de papai – desdenhou Soraia. – Foi mandado embora. Imaginem que ele achou que podia se apaixonar por mim, teve ciúmes, um inconveniente.

– É o que sempre digo. Tratem de arranjar um bom marido, de preferência bonito, mas sempre alguém do nosso meio. Mulher nenhuma pode viver sem uma boa companhia masculina – disse Monica com sua voz suave, voltando-se em seguida para a convidada e perguntando-lhe com carinho: – E você, Lorena, como vai de amores?

Talvez a bebida ou a emoção de ter, pela primeira vez, sido aceita naquele círculo de pessoas normais, o certo é que Lorena soltou a língua. Orgulhosa de também ter uma conquista para contar.

– Eu tenho o namorado perfeito. Bonito, rico, viajado. Um americano, está visitando o país, pensa até em se estabelecer por aqui – respondeu.

– Então a coisa é séria. Que bom! – aplaudiu Monica. – E até onde vocês já foram?

Essa, tudo indicava, era a maior preocupação delas. Medir, cuidadosas, o grau de intimidade com os namorados. Sem exageros, mas sem pudores que atrapalhassem o interesse deles.

– Existe uma limitação – respondeu Lorena, com consciência de que suas palavras soariam sérias demais. – Meu pai detesta americanos e eu não posso recebê-lo em minha casa. E não me atrevo a passar a noite em sua lancha, que ele chama de "palácio flutuante". Teria de dizer ao meu pai aonde fui e ele detestaria saber a nacionalidade de William.

– Que romântico, um homem que se refere a uma lancha como um "palácio flutuante"! – suspirou Soraia.

– Coisa mais antiga ser contra os americanos! Todos sabem que, sem eles, nós teríamos sido dominados pelos fanáticos nacionalistas – escandalizou-se Brígida. – De onde seu pai tirou esse preconceito? Logo ele, um homem inteligente, conhecido no mundo todo.

– Pobrezinha! É horrível não se entender bem com o pai. Eu adoro o meu, faria qualquer coisa por ele – disse Monica. – Posso compreender como você deve se sentir sozinha, ainda mais sem mãe para apoiá-la. Não se preocupe. Se você quiser se encontrar com seu namorado, diga ao seu pai que vai passar a noite aqui em casa. Melhor, eu mando o chofer buscá-la, assim ele não desconfia de nada. Agora, nos conte: o que são esses símbolos que você carrega pendurados na pulseira?

A mudança de assunto deu a Lorena certo alívio; assim, tirou a pulseira do pulso e mostrou a elas. Com alguma culpa por não ter esclarecido um equívoco: ela, na verdade, se dava muito bem com o pai. E o admirava muitíssimo. Por seu trabalho, sua inteligência, sua dedicação à ciência, sua conversa encantadora, seu amor às mulheres. Mas entendia que as amigas recentes não esperavam que ela demonstrasse esse apreço a um pai que detestava americanos, uma opinião incompreensível naquela terra.

No colégio, em Natividad, ensinavam que se não fosse a frota de *marines* enviada de Washington, às pressas, dois anos atrás, para garantir a eleição de um presidente conservador, a oposição fanática teria "adulterado" os resultados das urnas e isolado o país do mundo, recusando-se a pagar a dívida externa, expropriando as indústrias estrangeiras, tomando as grandes fazendas. Como explicar àquelas meninas que Nicodemos Guatierez acreditava no direito das pessoas e dos povos de escolherem seus próprios erros e que considerava uma farsa a acusação contra os oposicionistas? Impossível. Naquele instante, Lorena resolveu, então, fazer a opção por elas e não defender as ideias do pai. A pulseira que passava de mão em mão era um bom passaporte para a fraternidade, ali.

– Que lindo! Uma serpente enrodilhada! Uma espada, esse aqui parece um espelho... – Consuelo examinava uma a uma as miniaturas de ouro, todas mandadas fazer, em alguma época, pelas admiradoras do pai, as mesmas que haviam se dedicado a ensinar Lorena a ser uma mulher "de qualidade".

– Não é uma espada, é uma adaga. Adagas são mais femininas – corrigiu Lorena, se amaldiçoando em seguida por não conseguir evitar a presunção de buscar, sempre, a precisão da palavra.

Um olhar amuado de Consuelo foi suavizado pelo interesse de Monica, mais uma vez, meiga e prestativa.

– Parecem feitas sob medida. Nunca vi joias assim. Quem deu a você foi seu pai? Sua mãe lhe deixou de herança? – perguntou Monica.

– Foram... minhas tias – inventou, sem querer contar as histórias saborosas mas pouco convencionais dos amores do pai. – Irmãs da minha mãe.

– E essa chavezinha? – mostrou Monica.

– Essa chavezinha... – hesitou porque aquele era mais do que um simples segredo de família. – É a chave de um cofre lá de casa que está fora de uso há muito tempo. Meu pai fez uma cópia em ouro e deixou comigo. Há anos.

– É uma herança? O que tem dentro do cofre? Você não tem curiosidade para abri-lo? – Consuelo estava fascinada com a chave.

– Ela já disse que é um cofre fora de uso, Consuelo. Para que mexer em coisas velhas e inúteis? – interferiu Monica sorrindo com cumplicidade para Lorena. – Me ajudem a escolher uma roupa bem bonita para Lorena usar quando for encontrar com seu namorado estrangeiro. Uma coisa nova para dar sorte.

Monica, realmente, era perfeita. Compreendia o desejo que existe dentro de cada um e ajudava a realizá-lo. Uma amiga de verdade. Foi o que sentiu Lorena, levantando-se tonta da mesa, decidida a ser corajosa a partir daquele momento e agir conforme seus próprios sentimentos.

***

A chegada de Lorena em casa, no meio da noite, não podia ter sido mais desastrosa. Desacostumada de beber, em especial bebidas doces, nervosa pelas perguntas daquele jovem círculo feminino diferente dos seus habituais companheiros de conversa, ela abusara do chocolate e do licor. A partir das seis horas, começou a se sentir tonta, nauseada, e não falava mais coisa com coisa. Percebeu que ria, gargalhadas sem sentido, e que, a um olhar de Monica, era levada pelas novas amigas para um amplo banheiro, onde, com uma ternura e um bom humor que lhe trouxeram lágrimas, foi despida e banhada, e posta, finalmente, para descansar num quarto sombreado e fresco, com um pano úmido na testa. A última coisa de que se lembrava era das meninas se despedindo da anfitriã sentada na cama ao seu lado e da pulseira em cima do criado mudo.

Acordara refeita e Monica atalhara seus protestos, garantindo que o chofer de seu pai iria levá-la em casa e de que estava tudo bem.

Não estava. Nicodemos interrogava Paco e Conchita sobre seu paradeiro, preocupado por chegar em casa às nove da noite e não encontrar a filha. Pela primeira vez. Sua entrada, com os cabelos ainda molhados e olheiras de mal-estar, não melhorara em nada a disposição do pai.

– Onde você estava, criatura, desde quando você some sem dizer para onde vai? Devia ter voltado do colégio às três e são quase dez da noite – Nicodemos estava consternado. – Você nunca foi irresponsável, Lorena!

– Não, eu sempre fui uma bobona, esperando por você em casa, vivendo uma vida de velha – rebateu Lorena ofendida. – Como você tem coragem, pai, de falar comigo desse jeito, na frente dos criados?

– Paco e Conchita também estavam preocupados com você – respondeu Nicodemos, mais furioso ainda com o esnobismo da filha. – Peça desculpas, imediatamente.

– Pedir desculpas? Pedir desculpas a dois pobres coitados? Eu não sou mais uma criança que você obriga a pedir desculpas ao balconista da loja porque peguei um chiclete sem pagar, pai – esbravejou Lorena. – Estou cheia das suas manias ultrapassadas, da sua etiqueta, do seu horror ao progresso.

– Horror ao progresso?! – agora Nicodemos ria, achando graça do absurdo da acusação. – Não seja criança, minha filha. Eu não tenho horror ao progresso.

– Tem sim. Não precisa fazer demagogia comigo. Quem foi que se recusou a trabalhar num projeto superimportante só porque era com uma empresa americana? Quem é que pensa que pode ignorar a cooperação entre as nações? Seu preconceito é quase racista – com essa última acusação, Lorena correu, aos prantos, para o quarto.

Conchita, balançando a cabeça diante de tanta maluquice, se retirou para a cozinha e Nicodemos se voltou para Paco, atônito.

– Nunca pensei que ouviria esse tipo de coisa de minha própria filha. Passei minha vida buscando o progresso, a cura, a paz. O que deu nela?

Paco se manteve num silêncio diplomático. Não sabia como esclarecer ao pai de que o problema da filha era, além da rebeldia natural da idade, o namorado.

– Eu não sou contra os americanos comuns, apesar de achá-los muito, como diria? Arrogantes e preconceituosos. Não sou contra os indivíduos. O que eu me recuso a aceitar é a política dos governos americanos de transformar o sul do continente em quintal deles.

– Doutor, sua filha chegou sã e salva, talvez seja melhor eu ir para o meu quarto... – Paco se sentiu na obrigação de bater em retirada, apesar do desejo de ficar. Há tanto tempo, na verdade, desde sua expulsão da universidade, não tinha o prazer de escutar alguém inteligente.

– Sente-se, rapaz, vamos beber alguma coisa. Se você for embora, eu vou conversar com quem? Com as paredes? Fique aí. Vou pedir a Conchita que nos prepare um jarro de sangria.

Aquela noite, Paco compreendeu porque o homem grisalho que estava à sua frente era disputado por governos e mulheres. Escutá-lo era um privilégio para um jovem que, um dia, desejara ser um cientista, não fosse a ditadura e seus decretos contra estudantes de oposição. Fascinado, ouvia Nicodemos contar de sua paixão pela pesquisa biológica, desde a juventude, suas investigações sobre doenças já esquecidas. O professor traçava um histórico fantástico sobre a relação dos homens com as bactérias e os vírus, atribuindo-lhes um potencial formidável de destruição somado à contribuição espontânea da burrice humana.

– O que me revoltou na acusação de Lorena foi exatamente isso. Ela sabe que eu vim parar aqui exatamente por não aceitar uma proposta milionária para pesquisar doenças antigas para serem usadas ao bel-prazer de quem me pagava. Como arma de defesa ou ataque, não importa. Era um projeto secreto, um contrato imenso de sigilo, não divulgar resultados, armazená-los para uso futuro.

– Ela é muito jovem, doutor – tentou argumentar Paco. – É mulher, vê as coisas do ponto de vista prático. A vida aqui pode ser monótona para ela.

– Ah, as mulheres! Por isso que eu só me casei aos trinta anos, e, depois que a mãe dela morreu, não casei nunca mais.

Elas querem sempre transformar tudo, ou então garantir, com unhas e dentes, seu território. Não falam a mesma língua que nós.

Nicodemos entendia um bocado de mulheres também, e nas duas horas seguintes Paco foi inteirado dos seus romances com artistas, biólogas, economistas, mulheres do povo que haviam passado por sua vida e, por tabela, pela vida da filha. Era um compêndio de sedução o doutor, sempre mantendo, com as mulheres, uma certa reserva que não lhe atrapalhasse o trabalho e o conforto. Paco tinha dúvidas se, algum dia, conseguiria ter competência para manter a distância que Nicodemos defendia.

– Já falei demais. E você, tem pais, avós, namorada, amigos? – Nicodemos bebera muito, parecia estar conversando com um ex-aluno, um amigo, se lembrava vagamente de que aquele rapaz era o jardineiro.

– Meus pais morreram. Minha mãe morreu quando eu era muito pequeno. Era filha de um republicano fugido da Espanha em 1936, trazendo uma noiva rica, católica, roubada da família que não aprovava o casamento. Meu avô fez mais dinheiro aqui e minha mãe era sua herdeira quando casou. Meu pai era cheio de manias de grandeza e acabou com o que restava do dinheiro da família dele e também com o muito que lhe trouxe minha mãe. Quando ela morreu, já na pobreza, meu pai casou com outra e, na morte dos dois, me sobrou um meio irmão mais novo e um piano de cauda que tivemos de vender para reformar a casa que estava caindo aos pedaços. Não é uma história interessante como a sua – resumiu Paco, excluindo sua participação na resistência estudantil à ditadura, sua suspensão dos estudos depois da invasão da universidade pela polícia de Carlito Esteban.

– Todas as histórias de vida são interessantes, originais, só os muito assustados e os idiotas acham que a vida é uma pasmaceira comum a todos – sentenciou Nicodemos. – Conheci uma estudante, certa vez, num congresso, vinte anos mais jovem do que eu, americana, inclusive, que me contou...

Assim seguiram os dois, bebendo e conversando, o jovem quase em silêncio, aprendendo com o trabalho e os amores do homem mais velho.

***

Madrugada alta, Paco, trocando as pernas e imaginando a ressaca que o aguardava, se despediu de Nicodemos e se dirigiu ao seu quartinho nos fundos da casa. Espantado, sem acreditar no que via, parou diante da janela aberta e da corda que pendia do quarto de Lorena.

– Essa garota é louca! Será que fugiu de casa só por causa de uma discussãozinha com o pai? – disse para si mesmo.

A intuição lhe indicou, porém, que Lorena teria feito uma escolha menos drástica. Seguindo o caminho que conduzia ao ancoradouro natural na praia, viu suas previsões confirmadas. A lancha do americano estava lá, e os dois, Lorena e William, se beijavam no convés.

– Mas que garota burra! Será que ela não tem consciência de ser filha de quem é? Não percebe as intenções desse sujeito? E o pai acreditando que ela aprendeu o que lhe ensinaram a vida toda, os presentes que ele lhe deu – Paco, revoltado, monologava com o arbusto atrás do qual se escondia. – As melhores escolas, os passeios pelo mundo, as mulheres inteligentes e sábias que tomaram conta dela por amor ao pai, e ela joga tudo para o alto por causa de um mau-caráter bonitinho, que só deseja se aproveitar dela. Por que as garotas gostam tanto de homens que não prestam?

Com essa dúvida permanente no coração, desde os quatorze anos quando começou a tentar entender as mulheres, Paco voltou, trôpego, para a casa. Iria dormir, sonhar, quem sabe, com o dia em que encontraria a mulher perfeita, mas sem curiosidade por encrencas. Dava a volta à casa, dirigindo-se para o seu quarto, do lado oposto ao jardim, quando pensou ter ouvido barulho.

"Quem estará por aqui a essa hora? Conchita dorme na casa...", pensou e seguiu em direção ao ruído, considerando que Nicodemos poderia estar ainda acordado e que ficaria furioso se descobrisse que a filha tinha saído àquela hora. Quem quer que estivesse andando por ali, não queria ser surpreendido. O barulho cessou e Paco não teve tempo de descobrir por quê. Uma pancada acabou com sua busca.

***

Lorena chegou, pé ante pé, com o dia já amanhecendo. Sabia que o pai se levantava cedo, portanto, todo cuidado era pouco, não queria brigar com ele de novo. Rodeando a casa para tentar chegar ao quarto sem ser notada, se deparou com Paco dormindo, encostado à parede. Irritada, recolheu a corda e se dirigiu à porta dos fundos. Dessa vez, conseguiria que aquela peste de jardineiro fosse mandado embora.

Entrou pela cozinha, onde o pai tomava café preparado por ele mesmo, forte e amargo. Para isso, Nicodemos não confiava em Conchita e na beberagem aguada e doce que servia.

– Saí para dar uma volta e encontrei o moleque do jardineiro curtindo a bebedeira, atirado na grama, quase em frente à janela do meu quarto – acusou Lorena com frieza.

– Bom-dia, minha filha. Cumprimente as pessoas antes de reclamar – disse o pai, distraído, provando uma panqueca que Conchita lhe servia. – Quem está bêbado?

– O seu jardineiro. O sujeito esquisito que você trouxe aqui para casa. Você lhe deu tanta confiança ontem à noite que ele se achou no direito de passar a ressaca na grama do jardim – insistiu Lorena.

– Não me fale em ressaca, por favor – disse Nicodemos levando a mão à testa. – Vamos ver o que é isso.

Nicodemos saiu com Lorena até o jardim, seguidos por Conchita.

– Jesus, Maria, José! – bradou Conchita – O pobre rapaz levou uma porretada. Vejam o sangue no colarinho dele.

– Porretada? O que é isso, Conchita? Ele está bêbado, vai ver tropeçou, bateu em algum lugar – duvidou Lorena.

Conchita, sem fazer caso de suas palavras, correu para dentro da casa e retornou com um pano empapado de água e vinagre que espremeu no rosto de Paco, enquanto Nicodemos tomava seu pulso. Voltando a si, Paco olhou, ainda grogue, para o rosto preocupado do patrão e da criada, mal-reparando na expressão zangada de Lorena.

– Ladrões me atacaram, estavam tentando... – balbuciou com esforço.

– Não fale, rapaz – recomendou Nicodemos. – Vamos levá-lo para o hospital.

– Hospital, nunca – mesmo ferido, Paco foi capaz de se lembrar do risco do controle policial sobre as entradas no pronto-socorro. – Por favor, doutor, hospital não – implorou, desmaiando de novo.

***

– Faz tanto tempo que eu não medico alguém. Acho que a última vez foi há vinte anos, na África – divagou Nicodemos acabando o curativo de Paco. – A cicatriz vai ficar muito feia. Você precisaria levar uns pontos.

– Doutor, não é justo o senhor me colocar no quarto de música. Eu sou apenas um empregado – disse Paco, quando Nicodemos terminou o tratamento.

– Vocês jovens são tão cansativos, tão teimosos – reagiu Nicodemos. – É isso ou o hospital público. O que me diz?

Paco desistiu de resistir ou responder. Nicodemos o olhou desconfiado e depois saiu do quarto acompanhado por Conchita.

***

Nicodemos, Conchita e Lorena passaram a manhã vasculhando a casa para saber se havia sumido alguma coisa.

– Está tudo em ordem, papai. Ninguém entrou aqui. Deve ser invenção de Paco – disse Lorena.

– Ninguém inventa uma pancada daquelas na nuca, menina – reclamou Conchita. – Quem sabe eles mexeram fora da casa?

Nicodemos encarou apreensivo a empregada. Fora algumas joias antigas, poucas, que pertenceram à mãe de sua mãe, não havia nada de especialmente valioso na casa. No *freezer*, sim. Na maleta que herdara de seu velho professor.

Seguido pela filha, ele se dirigiu ao quarto do jardim.

– Aparentemente, está tudo normal – disse Lorena. – Só existe uma chave da porta, papai. Ela está no lugar de sempre, eu verifiquei assim que Paco veio com essa história.

Sem responder, Nicodemos puxou de dentro do jaleco branco um cordão de ouro e abriu o medalhão que tinha no pescoço.

– A foto de mamãe. Há tanto tempo não a vejo – disse Lorena.

– Minha chave do arquivo está aqui – mostrou Nicodemos. – E a sua?

– Misturada com os balangandãs da pulseira. Como sempre. Do que você está desconfiado?

Nicodemos não respondeu. Pegou a pequena chave, abriu o arquivo e conferiu o conteúdo da primeira gaveta, a que estava trancada.

– A caixa está aqui, a chave do *freezer* continua no mesmo lugar – comentou pensativo. – Sabe o que eu estou estranhando, Lorena? Você disse que não deixou Paco limpar o quarto por dentro. O chão devia estar coberto de poeira.

– E teria as marcas de quem tivesse entrado aqui – disse Lorena. – É a prova de que ninguém entrou.

– Alguém entrou, Lorena. Para limpar o chão. Será que Paco mentiu e entrou sozinho, apesar de sua proibição?

Por um momento, Lorena hesitou em deixar o jovem empregado carregar a suspeita. No entanto, por maior que fosse sua antipatia por ele, não poderia mentir ao pai. Não a respeito disso.

– Eu entrei, papai, e passei um pano no chão, ontem. Achei que ele tinha razão, estava sujo demais – ela respondeu, sem confessar que entrara para apagar as marcas deixadas por ela e por William na noite em que ele insistira num encontro escondido ali, por achar romântico.

– Eu devo estar me preocupando à toa – Nicodemos reconheceu.

– Por que você não abre o *freezer*? Sempre tive curiosidade de ver as lâminas. Seria uma forma de se certificar...

– O que está guardado está bem guardado. Não vale a pena mexer, minha filha. Eu preciso arranjar um jeito de tirar essa coisa daqui. Mandá-la para um lugar seguro. Vamos, eu preciso trabalhar.

Os dois voltaram de braços dados para a casa. Nicodemos não conseguia afastar a sensação de que algo estranho estava acontecendo.

– Sumiu alguma coisa, patrão? – Conchita perguntou, curiosa, quando eles entraram.

– Espero que não, Conchita, espero que não – respondeu Nicodemos. – Lorena, eu deixo você na escola. As primeiras aulas estão perdidas, mas você pode assistir as que acontecem depois do intervalo, pelo menos.

***

Lorena, no colégio, procurou, várias vezes, uma oportunidade para conversar com Monica, mas havia sempre alguém ao lado dela. Só na saída, ela a viu sozinha no portão, esperando o carro.

– Monica, queria tanto falar com você. Deu supercerto a sua sugestão de eu ligar para William lá da sua casa. Ele foi me encontrar na praia, foi tão maravilhoso... – Lorena queria fazer um relato completo de sua felicidade e das dúvidas também. – Ficamos juntos até o nascer do sol, foi lindo! Eu só não sei se...

– Você passou a noite inteira com um homem que sua família não conhece? – perguntou Monica, espantada. – Não achou... arriscado? O que ele vai pensar? Deve ter ficado assustado com essa facilidade.

– Mas... eu pensei que você achasse uma boa ideia nós sairmos juntos, queria até combinar de dormir em sua casa... – Lorena respondeu, surpresa.

– Eu?! Bom, eu acho que é uma boa ideia sair com rapazes, mas em lugares públicos. Dançar, namorar, uma coisa leve – corrigiu Monica, gentil como sempre, fazendo um aceno para o chofer que se aproximava com o carro. – E não vai dar certo você dormir lá em casa por esses dias. Minhas primas vêm passar o verão comigo. Quem sabe em outra ocasião?

Lorena sentiu o rosto vermelho de constrangimento. Não entendia o que tinha acontecido. Teria ficado tão bêbada, no outro dia, que a lembrança de Monica dando força para que enfrentasse os preconceitos do pai e saísse com William fazia parte de um sonho?

– Será que estou com mania de que todos estão contra mim e por isso fiquei com a impressão de que a Monica está me tratando com condescendência? – Lorena falou em voz alta, e se deu conta de que os colegas poderiam perceber sua perturbação.

Condescendência era a palavra perfeita para exprimir a forma como Monica havia falado com ela. Distante, do alto, como um adulto falando com uma criança. Ou com alguém retardado, que não entendesse uma coisa muito simples e clara. Seria desequilíbrio seu ou as coisas estavam mesmo fora de prumo?

Fora de prumo, também, era ela chegar em casa e ouvir a música tocada ao piano por Paco, o jardineiro.

– Onde nós estamos? – perguntou Lorena com uma rispidez que ela mesma reconheceu como desnecessária. – Por mais impressionado que meu pai tenha ficado com o seu desempenho, você é um jardineiro, um empregado. Devia estar no hospital e não no quarto de música se regalando com o piano que foi de minha mãe.

O rapaz parou de tocar imediatamente e se levantou. Se ele tivesse protestado, teria aumentado a irritação dela. Mas seu silêncio provocou o remorso.

– O ferimento ainda incomoda muito? – perguntou Lorena, num pedido disfarçado de desculpas.

– Estou muito melhor, quase sem febre. Seu pai é um excelente médico, um homem excepcional.

– Não é não – respondeu malcriada, porque o elogio ao pai a lembrou de que estava farta de fazer parte de um mundo de pessoas originais, incapazes de se comportar como a maioria dos mortais. – Algumas pessoas é que têm a mania de achar que são diferentes das outras e acabam convencendo todo mundo disso. Todo mundo é igual.

– Não existe ninguém igual – defendeu Paco. – Só os imbecis acreditam nisso.

Ela teve a certeza, naquele momento, de que ele estava copiando o velho, fascinado por seu charme como costumavam ficar todos, homens e mulheres.

– Bem que você gostaria de ser original, mas não passa de um pobretão que não tem onde cair morto.

Disse isso e saiu furiosa, não se sentindo nem um pouco melhor com aquela atitude. Nem com a de Monica. Nem com a de William que não havia dado notícias.

Mais tarde saiu de novo, foi à marina esperando encontrar o namorado, mas dele não viu sinal. Ficou com vergonha de perguntar por ele às pessoas que estavam por ali. De volta em casa, se trancou no quarto, sentindo-se derrotada pela sensação de que tudo o que fazia dava errado. E de que ninguém a amava de verdade. Ninguém que realmente importasse.

***

De novo, Lorena chegou atrasada ao colégio. A aula de inglês já ia pela metade e ela sentou-se ao lado de Consuelo, sem conseguir, ao menos, pedir desculpas pelo atraso, porque temia começar a chorar. Pela segunda vez, fora procurar William na marina, desassossegada com a falta de notícia e, ao não encontrá-lo, teve finalmente coragem para pedir informações sobre o paradeiro dele. O homem que cuidava do local olhou para ela com ar de riso, antes de dizer que o americano havia partido, há exatos dois dias.

Profundamente humilhada, foi como se sentiu. Primeiro, a incredulidade. Ele não podia ter partido sem se despedir. Depois a raiva. Como ele podia ter feito uma coisa dessas com ela? Por fim, a sensação de que devia ser uma pessoa – uma garota – muito desinteressante para um homem dispensá-la dessa forma.

Para seu alívio, a aula terminou e os colegas se levantaram numa algazarra. Desesperada, tentou falar com Monica, mas ela lhe acenou e saiu rodeada por Soraia, Brígida e Consuelo, como se as quatro tivessem muita pressa. Desorientada,

Lorena arrumou de qualquer jeito os cadernos e saiu para o grande pátio onde os adolescentes, em grupos maiores ou menores, passavam o intervalo em lanches e conversas. Mas isso só fez piorar sua sensação de abandono, porque a impressão era de que as colegas cochichavam a sua passagem, como se ela tivesse feito alguma coisa errada e todos soubessem do que se tratava. Menos ela.

***

Nicodemos Guatierez saía do laboratório quando viu seu auxiliar parado no ponto de ônibus.

– Você não tem visto Paco, não é mesmo? – perguntou lembrando-se, de repente, que Julian e seu jardineiro eram irmãos. O jardineiro que tocava piano quando pensava não ter ninguém por perto e que tinha medo de ser medicado no pronto-socorro público.

– Ele não tem me procurado, doutor – respondeu Julian, preocupado com o interesse de Nicodemos por Paco.

– Eu esqueci de lhe avisar. Seu irmão se feriu, há dias, lá em casa. Precisou ficar de molho. Se quiser eu lhe dou uma carona até lá, na volta você vem com a nossa bicicleta.

Julian entrou tenso no carro. O irmão estava doente e ele sem saber de nada. Mas isso pelo menos justificava o sumiço dele. Ao chegar em casa, Nicodemos se surpreendeu ao encontrar a filha no jardim ordenando ao rapaz, num tom ríspido, que levasse um arranjo de flores, que ela mesma escolhera, à casa de Monica Esteban Mendonza. Mas, apesar do tom de voz, a situação não teria se agravado, não fosse Paco questionar o destinatário.

– Esteban Mendonza? Tem certeza de que sua amiga é dessa família? – o rapaz perguntou chocado. – É parente do chefe da polícia política?

Nicodemos e Julian se aproximaram nesse ponto do diálogo. E puderam acompanhar de perto o embate.

– Isso não é de sua conta. Ela é uma amiga e o pai tem mesmo um alto cargo no governo, mas isso não importa – Lorena disse, voltando-se para o pai. – Viu como é atrevido esse sujeito?

– Importa, sim, saber que sua amiga é filha de um torturador corrupto, Lorena – disse Nicodemos, discordando da filha. – Eu não tinha a menor ideia de que você era íntima dessa moça.

– Talvez ela não saiba, doutor, quantos aleijados e loucos existem neste país por terem sido interrogados por Esteban, o carniceiro – tentou ponderar Paco.

– Eu não preciso de suas informações – reagiu Lorena, furiosa, atirando as flores ao chão. – Nada do que eu faço é bom o suficiente para você, pai. A opinião de qualquer um é mais importante do que a minha. Até a de um empregado – ela fez um esforço para controlar as lágrimas. – Ninguém me entende.

– É muito difícil para um homem criar sozinho uma mulher – Nicodemos lamentou para os rapazes, vendo a filha, mais uma vez, se afastar dele correndo.

Paco e Julian se mantiveram em silêncio e Nicodemos, desanimado, deixou os dois irmãos sozinhos.

– Me ajude a recolher esse lixo, Julian. Ainda me sinto um pouco fraco – pediu Paco ao irmão. – Depois podemos sentar na praia para colocar em dia as novidades.

De novo, os dois irmãos contemplavam a praia, onde tinham visto Lorena e o americano aos beijos dias atrás. Julian acendeu um cigarro e Paco o olhou com desaprovação.

– Você não devia brincar com o vício. Quando tentar largar essa coisa, vai ser tarde demais – recriminou.

– Olhe só quem fala. Eu com o cigarro, você com a mania de se meter na vida dos outros – reagiu Julian, bem-humorado. – Os seus amigos da organização andam lhe procurando, um chegou a ir lá em casa, insinuando que você desertou, não está mais na luta.

– Faz três semanas que eu não entro em contato. Foi irresponsabilidade minha, eles devem ter ficado preocupados – disse Paco contrito.

– Preocupados? Esses caras gostam é de controlar a vida dos outros, precisa ver, o sujeito cheio de perguntas, onde você estava, com quem, quando eu o vi pela última vez, até se você tem namorada ele perguntou. Como se fosse um traidor – reclamou Julian.

– Eles têm medo de Castanheda – respondeu Paco. – Têm medo que alguém cometa um liberalismo sobre os segredos da organização e Esteban prenda mais meia dúzia, desarticule alguma ação.

– Paco, seus amigos se reúnem num bar que todos conhecem, visitam a família em casa, mesmo sendo procurados pela polícia, comentam as futuras ações na prisão. Você mesmo me contou isso. Além disso, a palavra "liberalismo" é um contrassenso, afinal, parece que ser liberal é uma doença.

Paco calou-se diante das críticas do irmão. A organização lhe parecia uma coisa distante com seus segredos, suas brigas internas, os sacrifícios. Estava mais preocupado com o americano e suas ligações com Esteban, com Lorena e seu pai, com os ladrões que haviam entrado na casa. Será que poderia dividir com Julian seus temores? O irmão mais novo entenderia os riscos?

– O que você tem? De repente, foi parar no mundo da lua – disse Julian.

– Julian, se você suspeitasse que uma mulher se meteu numa grande encrenca e ela não suportasse você, mas tivesse um pai muito legal, para quem você contaria o problema? – sondou Paco.

– Lorena é uma garota, não é exatamente uma mulher – ponderou Julian. – Mas eu acho que se você contar qualquer coisa que descobriu para o pai e não para ela, é capaz que arranque seus olhos. O que foi que aconteceu, afinal?

– Eu prefiro não entrar em detalhes. Vou pensar mais um pouco. Você poderia dar um recado à organização para mim?

– Posso dar quantos recados você quiser, mas, Paco, não alimente sonhos com essa garota. Ela está muito além de nós dois.

– De nós dois? – Paco olhou atento para o irmão que ficou vermelho, mas enfrentou seu olhar. – Você está sonhando com a filha do chefe, seu malandro?

– Eu não. Só acho que ela é linda, é especial e não estará jamais disponível para jardineiros ou auxiliares de laboratório. Você vai sofrer à toa.

– Eles são especiais. Tanto o pai como a filha – contestou Paco. – Eu acho que vale a pena sofrer o que for preciso por certas pessoas.

Julian não argumentou mais. Sempre obedecia ao irmão e continuaria obedecendo, inclusive no dia, que não estava longe, em que se lembraria de cada palavra daquela conversa.

***

Lorena acordou de madrugada com o jardineiro jogando pedrinhas na janela do seu quarto. Que atrevimento! Foi sua primeira reação, quando ele pediu que descesse porque precisava conversar a sós com ela. Lorena desceu, dizendo a si mesma que, se o fazia, era pela curiosidade de ver até onde iria a pretensão do sujeito.

Ele, antes de falar qualquer coisa, a levou até a porta do quarto do jardim e iluminou com a lanterna as fotografias que trazia nas mãos. A primeira que ele mostrou era antiga, Nicodemos Guatierez de *smoking*, recebendo o prêmio de cientista benfeitor quando desenvolveu sua primeira vacina. Ela lembrava da ocasião, da festa, o pai namorava Virgínia, os dois foram juntos, mas ela voltou sozinha, bem aborrecida, Nicodemos recebera um recado urgente e sumira sem dizer para onde ia. Duas semanas depois, um avião foi buscá-los porque ele resolveu aceitar o convite para se transferir para Natividad.

A outra fotografia era mais antiga. Ela quase não reconheceu o pai, bem mais jovem, junto de um homem muito velho. Lembrava-se vagamente dele. Professor do pai, praticamente um guru, a pessoa que o iniciou na pesquisa. Morrera pouco antes da mudança deles. Lembrava do enterro, o pai comovidíssimo. Antes do golpe, da ditadura.

A terceira foto a deixou tonta de raiva. Mostrava ela e William se beijando na praia, num final de tarde.

– Como você se atreve a me espionar, seu nojento? O que é isso, uma tentativa de chantagem? – perguntou, se controlando para não dar uns tapas no jardineiro.

– Não fui eu que tirei as fotos. Encontrei essa e muitas outras na lancha do seu namorado. O americano que sumiu depois de conseguir o que queria.

Neste ponto, ela avançou sobre ele, e teria arrancado um pedaço de seu rosto cínico, se ele não a tivesse segurado com força o suficiente para, com certeza, deixar os braços dela roxos na manhã seguinte.

– Menina burra, será que você não entende que a foto desse beijo, junto com as outras, é preocupante? Um homem que coleciona fotos do seu pai e, ao mesmo tempo, tem um cúmplice registrando você e seus beijos secretos só pode estar mal-intencionado.

– Você registrou meus beijos. E deve ter colecionado as fotos do meu pai. E está inventando que as encontrou na lancha de William. Como inventou a história dos ladrões entrando aqui em casa. Quem é você? – perguntou Lorena, irada.

– Inventei também um ferimento na minha própria cabeça? – ele se esquivava de responder as perguntas dela. – Roubei estas fotos da lancha, na noite em que seu namorado jantava com Carlito Esteban, pai de sua amiga e torturador da polícia política.

Pela primeira vez, Lorena sentiu medo. A inquietação que a rondava há dias, desde a bebedeira na casa de Monica Esteban, ela reconhecia agora, se condensou de súbito numa compreensão de que alguma coisa terrível acontecera ou estava para acontecer.

– As fotos não eram as únicas coisas que o americano tinha – Paco olhou com pena para o rosto pálido de Lorena, mas ele precisava ir até o fim. – Estava lá também um dossiê sobre a vida pregressa do seu pai. As pesquisas sobre doenças extintas, o vínculo com o maior cientista da área, a morte daquele cientista por câncer, a súbita partida de seu pai para uma universidade obscura. As suspeitas de órgãos de investigação sobre o possível papel dele como herdeiro do professor.

Todo esse discurso ele fez segurando-a para que não escapasse. Com menos força, mas com firmeza suficiente para que não pudesse se soltar. Não precisava. Ela podia ser ingênua para certas coisas, mas seu raciocínio especulativo estava intacto. Fora bem treinada para isso. Enquanto ele falava, somava os dados. Paco foi atacado por ladrões na noite em que telefonara da casa de Monica para William, combinando um encontro na lancha. Não, ele foi atacado na madrugada em que ela estivera fora. Se William estivesse interessado no pai e não na filha... Por mais que se sentisse arrasada com a sugestão... Se os ladrões estivessem ligados a ele... O interesse seria na maleta, no *freezer*, mas ele não poderia entrar, pegar, abrir. Não sem a chave, e a pulseira estivera o tempo todo com ela... A não ser durante os momentos em que passara mal na casa de Monica... os momentos em que estivera bêbada.

– O que foi, garota? Perdeu a língua? – Paco perguntou, soltando-a, finalmente.

– Eu não acredito nisso – ela precisou juntar todas as lições das mulheres que ajudaram seu pai a criá-la para dizer essas palavras com um mínimo de dignidade. – Eu vou provar para você que William não estava com intenções mirabolantes em relação ao meu pai.

– Como você vai provar isso? – perguntou Paco, irônico.

– Vou abrir, na sua presença, o único tesouro que existe nesta casa. Se estiver intacto, eu quero que você suma daqui, peça demissão, desapareça da minha frente para sempre.

AS RAZÕES OCULTAS DE CADA UM

Eles foram obrigados a fazer uma pausa na marcha acelerada. Há dois dias chovia sem parar e as trilhas pelas montanhas começavam a ficar intransitáveis. Nicodemos e Paco procuravam manter o ânimo, mas até mesmo o rapaz dava sinais de inquietação com o mau tempo, os mosquitos, a lama, as roupas úmidas que eles não podiam trocar antes de chegar ao próximo lugar seguro. Nos primeiros dias da fuga, o tempo estava instável, mas o sol, quando aparecia, vinha muito forte e a roupa secava rapidamente no corpo, antes da próxima chuva.

Haviam viajado oito horas num jipe tomado de empréstimo por Mercedes, até o início da região montanhosa, depois em cinco burricos comprados de um camponês que devia fazer negócios com guerrilheiros e traficantes, ganhando e arriscando igualmente com uns e outros. Ele não fez perguntas quando o casal mais velho e os três jovens apareceram procurando transporte que os levasse até o ponto mais distante possível da capital. Devia supor que o grupo fugia da polícia, mas aquilo não lhe interessava no seu pequeno negócio de condutor de almas e desejos para cima e para baixo da serra. Cobrou caro pelos animais que não veria mais, cobrou em separado pela devolução do jipe, três dias depois, numa direção oposta à qual estavam seguindo para despistar a polícia, cobrou mais um pouco pela aparência elegante e de gente rica do homem bem-humorado que parecia pai da jovem bonita e infeliz.

– Incrível como esse sujeito vive numa casa miserável dessas, ganhando bem como ganha, traficando saída para fugitivos como nós – comentou Nicodemos com Paco na primeira vez que pararam na sombra raquítica de uns arbustos, montanha acima.

– O senhor viu a quantidade de filhos? Só com aquela mulher. Deve ter outras famílias espalhadas pelo vale. Não tem dinheiro que chegue – especulou Paco.

– Não precisa me tratar com formalidade, Paco. Se não fosse você, nós estaríamos, a essa hora, respondendo ao interrogatório de Carlito Esteban.

– Não sei, talvez tivesse sido possível uma composição. O senhor é uma pessoa importante... – disse Julian que escutava a conversa, enquanto Lorena e Mercedes preparavam um lanche rápido para que pudessem seguir viagem sem demora.

– Nunca. Se o americano entregou-lhes as lâminas, eles tentariam me obrigar a pesquisar, trabalhar para os objetivos deles – contestou Nicodemos.

– É, isso tudo é tão monstruoso que parece invenção desses grupelhos de esquerda catastrófica – resmungou Julian, afastando com um tapa uma mutuca que rondava sua perna, procurando um lugar para picá-lo.

– Meu irmão acha que eu e meus amigos – mais eu do que os outros – inventamos as más intenções do governo, doutor

Nicodemos – comentou Paco, dando um tapinha amistoso no ombro do irmão caçula.

Nos primeiros dias da fuga, Julian se sentia constrangido por estar no grupo. Constrangido, inclusive, porque para ele a fuga era, também, uma aventura. Era a primeira vez que saía da capital, do país, e também sua chance de conhecer o mundo. A fuga também era a comprovação do quanto o irmão o amava e se arriscava por ele, porque, quando levantassem a ficha de Paco e encontrassem o decreto de expulsão, existia o risco de que ele, Julian, fosse punido no lugar do fugitivo. Encobria um pouco a alegria de sair de Natividad a suspeita de ser um peso para o irmão mais velho. Quando Paco o acordou com o plano de fuga, explicou os riscos:

– Eles já estão com as lâminas há alguns dias, Julian. Nem sei por que não detiveram o professor Nicodemos para interrogá-lo. Eu não sei também se conseguiremos chegar ao continente, e se, chegando lá, teremos trabalho para pagar uma passagem para algum país da Europa que nos abrigue. Você terá de deixar tudo se for comigo.

– Eu prefiro mil vezes tentar – disse Julian depois de ouvir o irmão. – Não me incomodo de deixar para trás o meu fabuloso emprego de auxiliar no laboratório. De qualquer forma, eu vou perdê-lo quando não souber explicar à polícia onde está meu chefe, a auxiliar e a filha dele e, como contrapeso, o jardineiro que, por acaso, é meu irmão.

Os dois riram desse comentário, um riso um tanto nervoso, mas também alegre. Eram jovens, existia cumplicidade entre eles, estavam confiantes, seria fácil partir.

Para Nicodemos, a fuga também não era difícil. Não suportava a ideia de ser obrigado a trabalhar, ou amar sem vontade, e odiava ver a ciência a serviço da crueldade. Naquela madrugada, quando Paco bateu em seu quarto para lhe contar que a maleta havia sumido e também sobre a participação de Lorena no desastre, o professor não hesitara em planejar a fuga. Faria qualquer coisa para não passar pelo insulto de se submeter às ordens de gente ignorante e sádica, como sabia serem os investigadores de Carlito Esteban. Terrível, para ele, foi assumir o envolvimento de Lorena na história.

– Minha filha caiu na conversa desse patife como qualquer garota ingênua cairia. De nada adiantou toda a educação sofisticada, holística que eu procurei lhe dar – queixara-se o cientista, o rosto apoiado no pescoço de Mercedes, depois de ter tocado a campainha do apartamento dela às sete da manhã, passado por cima dos que dormiam no chão da sala. Nos ombros dela, desabafava o quanto estava furioso com o americano, decepcionado com Lorena e temeroso do que poderia acontecer.

– Já aconteceu, não adianta você se atormentar. Agora é sairmos o quanto antes do país, o que vai acabar sendo uma coisa boa – Mercedes, como Julian, em outro ponto da cidade, não teve um momento de dúvida. – Você sabe, Nico, eu sempre tive medo da reação da sua filha quando descobrisse que você estava envolvido com uma mulher comum, sem *glamour*, uma índia apaixonada apenas. Nessa crise, vai ser mais fácil ela aceitar.

Ele tentou falar, apertou com força sua cintura, mas ela colocou a mão em seus lábios, como às vezes fazia quando ele começava com um texto apaixonado, mas irreal.

– Eu me lembro bem do dia em que você e Lorena chegaram a Natividad. Você com aquela bermuda horrorosa, parecendo um gringo e uma loura esplêndida do lado. Naquele momento, me apaixonei por você e, também, ali, conheci a diferença entre mim e as mulheres que você costumava conquistar.

Aquelas foram as palavras mais sentimentais que ele já ouvira de Mercedes e seriam quase as únicas. Para ela, a fuga era quase uma benção. Adiara durante anos a esperança de ser amada por Nicodemos e durante meses a decisão de assumir o relacionamento deles. A notícia do roubo das lâminas forçou uma decisão que estava para tomar há dias. Não via a hora de contar tudo e saber qual seria a reação. A reação dele, da filha e de sua própria família, o bando de irmãos, primos, sobrinhos ruidosos que se amontoavam no pequeno apartamento da única parente que tinha dinheiro o bastante para ter uma casa organizada para hospedá-los.

– Eu conheço o suficiente a política do meu país para saber que, se você se recusar a colaborar nas experiências com o *anthrax*, será preso – disse ela, enquanto arrumava a pequena mochila que levaria na jornada. – Preso, você será torturado, talvez morto, antes que a comunidade científica internacional tenha tempo de reagir. Não posso permitir que isso aconteça. Não depois de você me dar o que eu mais queria na vida.

Nicodemos, comovido, aceitara aquela devoção, mais uma, como aceitara de todas as mulheres anteriores. Aceitou também, sem discutir, as providências tomadas por Mercedes para que antes de meio-dia o grupo estivesse fora da capital. Mercedes era seu braço direito no laboratório. Prática, eficiente, capaz. Entregar as providências a ela era o mais fácil. Se por algum momento, a pungente declaração de ter sido o homem a dar o que ela mais queria na vida lhe afetara, ele nem percebera. Sabia que era um homem amoroso, capaz de alegrar e colorir a vida das mulheres que amava. Pensou que ela se referia a isso. Quando descobriu o que Mercedes real-

mente queria dizer, não havia mais como retribuir o gesto de amor, nem havia como dizer-lhe o quanto significava para ele também.

Paco fugia com eles porque sabia que, sem sua ajuda, seria difícil a sobrevivência do grupo. Além disso, tinha esperança de salvar o homem que admirava, o irmão que amava, e Lorena, a garota dos sonhos de qualquer um. Apesar da teimosia. A fuga aproximara os dois, mais do que os outros. Foi ele que soube do ressentimento dela contra a assistente do pai, alçada, subitamente, quase à posição de madrasta.

– Por que essa cara amarrada? – perguntou ele na primeira noite, ao ajudá-la a preparar a massa para a torta de milho. – Não vá me dizer que o temporal do meio da tarde, os mosquitos e os burrinhos desconfortáveis estão aborrecendo você...

– O que está me aborrecendo é a sonsidão dessa aí. Igualzinha a Conchita – respondeu Lorena depois de desistir de uma resposta malcriada.

– Você está sendo injusta. Conchita foi discreta e leal o bastante para não perguntar nada e fingir acreditar que você e seu pai fariam uma viagem curta no meio da semana. E Mercedes... – Paco olhou para o rosto cansado de Lorena, cansado mas sempre lindo, e sentiu de novo, dentro de si, o desejo de sacudi-la e protegê-la que, a cada dia, ficava mais forte. – Mercedes foi maravilhosa, Lorena. Está fazendo de tudo para garantir o sucesso desta empreitada.

Lorena não respondeu porque seus sentimentos estavam confusos e seu orgulho quebrantado. Sabia que Paco tinha razão em relação a Mercedes, como tivera antes em relação a Monica e ao americano. Gostaria de eliminar da face da Terra sua colaboração naquele desastre, mas já que isso não era possível, fugia com o pai, pois precisava ajudá-lo e também a

Mercedes e aos outros a denunciarem o crime. Mas o ciúme do pai e o desgosto de ter sido enganada por William incomodavam mais do que qualquer outra coisa.

Esses eram seus principais sentimentos nos dois primeiros dias de avanço em direção à fronteira. Aos poucos, porém, o desconforto, a pobreza reinante no interior do país, a desconfiança dos poucos camponeses que encontravam, a chuva, os caminhos de barro, os espinhos, os insetos, faziam com que a sensação dominante fosse apenas o desejo de seguir adiante, de chegar a algum espaço com um mínimo de civilidade.

A educação que Lorena havia recebido revelava todo o seu valor naqueles maus momentos. Era a única capaz de juntar as ervas colhidas no mato na forma de uma farofa insuperável ou de um chá noturno com canela. Preparava também fritadas fofas e saborosas, com temperos conseguidos através das mulheres do povo que encontravam pelas estradas. Havia se lembrado de colocar na mochila, antes da fuga, o jogo de xadrez do pai, a versão pequena, em pedra sabão, e se sentava a cada noite com um dos homens para jogar, às vezes ganhando, às vezes perdendo, mas sempre distraindo-os com perguntas que desviavam a atenção do desconforto e dos medos provocados pelo momento presente.

Nicodemos era o que gostava mais de falar e, portanto, o que respondia melhor ao estímulo da filha. Para ele, aquela jornada era um percalço inevitável e curto. Otimista, confiava que chegariam à costa e conseguiriam transporte para outro país que os acolhesse. Um cientista como ele era valioso para universidades e empresas. O fato de Natividad estar rodeada de ditaduras era o de menos, na sua visão.

A Europa o acolheria; os amigos e as ex-namoradas, todas amigas também, estavam espalhados pelo mundo e aquele tipo de amor era mais forte do que sistemas políticos. Dariam um jeito de levá-los a salvo até algum país civilizado o bastante para não torturar e matar dissidentes. A única coisa que o incomodava muito, o deixava ressentido mesmo, era o americano ter se aproveitado da inocência de Lorena para seduzi-la e roubar a caixa blindada com as lâminas. Era o que tentava explicar para Paco numa noite, enquanto esperavam parar a chuva que caía há dois dias e mofava os ossos.

– Como ela pôde acreditar num gringo mal-intencionado? É claro que ele queria nos prejudicar. Como as mulheres podem ser tão bobas? – Nicodemos se queixava a Paco em voz baixa, sem querer que a filha o ouvisse, enquanto ela jogava xadrez com Julian.

– Professor, sua filha não tinha por que duvidar que ele estivesse apaixonado. É uma garota bonita, inteligente, como poderia imaginar que o objetivo era o senhor?

– Bobagem, Lorena ainda é uma criança. Um homem de vinte e cinco anos não se interessaria por uma menina como ela, não um interesse sério.

Paco não respondeu, considerando intimamente como Nicodemos – um homem de tanta ciência e de tantas mulheres – insistia em ver sua bela filha como criança, e não como uma mulher por quem os homens suspiravam. Agora mesmo, observando-a jogar com Julian no alpendre da cabana desconjuntada que lhes servia de abrigo, ele bem sabia do fascínio do irmão pela garota. Além de bonita, ela sabia o que dizer ou fazer para manter a atenção dos outros, para conquistar. Quando estava como naquele momento, brincando, rindo, a rejeição do americano e a trama armada pareciam ter acontecido com outra pessoa, não com ela. Era o que pensava quando a olhava sorrindo. Aliás, ele ultimamente pensava nela quase o tempo todo.

– Ela é tão especial que essa fuga não a deixou arrasada, chorando pelos cantos, como uma adolescente qualquer faria, professor – defendia Paco. – Ela está nos acompanhando sem reclamar, ajudando, animando, até cantar pela estrada ela canta.

– Mas é claro que ela faria isso! – Nicodemos se animava diante da admiração do rapaz com sua filha. – Foi criada para especular sobre soluções e não chafurdar em problemas! Lorena não é um ser humano limitado que se prende a obstáculos, como se estivesse cercada por eles.

A convivência forçada, em circunstâncias tão difíceis, acabara por criar uma intimidade entre Paco e Lorena, coisa com a qual ela nem sonhava. Mas desde o momento em que entrara com ele no quarto do jardim e descobrira que a caixa com as lâminas de *anthrax* havia desaparecido, a relação mudou.

Primeiro, ela não quis acreditar que aquela fonte de extermínio tivesse sido roubada. Só podia ser uma brincadeira de mau gosto de alguém. Talvez dele, Paco. Depois de chutá-lo furiosa, xingá-lo de todos os nomes, ela se rendeu à evidência e ficou desesperada.

– A culpa foi minha. Eu acreditei nele. Ele parecia gostar tanto de mim – ela passava as mãos pelo pescoço como se quisesse arrancar a pele, como se a traição de William fosse intolerável. – Você devia ver como ele me beijava, a maneira como falava o meu nome, é impossível que não gostasse de mim, que só quisesse roubar a caixa.

Paco não podia contar ao professor que havia assistido calado toda a manifestação de mágoa de Lorena, sem que pudesse fazer nada, porque sabia não existir consolo para o abandono. Não podia falar também do ciúme que sentiu com a descrição desesperada de Lorena sobre as provas de amor que o outro lhe dera.

Quando Lorena finalmente se acalmou, perguntou a ele o que deviam fazer, aceitando, pela primeira vez, o apoio do rapaz, considerado quase um desconhecido, disposta a estabelecer uma aliança que pudesse de alguma forma resolver aquela história.

Paco a acompanhou até a porta do quarto do pai, mas entrou sozinho para acordá-lo e contar do sumiço da caixa e da participação de Lorena no episódio. Fez isso a pedido dela. Nicodemos não gritou, não fez nenhuma cena de reprovação como a maioria das pessoas faria numa situação semelhante. Ele saiu para conversar com Mercedes sem dizer para onde ia: foi a única demonstração do quanto estava magoado com o envolvimento de Lorena com o americano.

"Tudo isso é história", pensou Paco, olhando de novo Lorena e Julian rindo como se estivessem na sala da casa dela. "Nós conseguiremos chegar até o mar, sairemos do país e eu vou voltar a estudar, trabalhar, quem sabe um dia serei um cientista como Nicodemos Guatierez. Pode ser que o que eu sinto pela filha dele passe. Se passar melhor, ela é muito nova para mim. Senão..."

Lorena o chamava, o jogo com Julian tinha acabado e Paco foi atendê-la, sentindo de novo, de novo e sempre, a emoção de reconhecer que estava apaixonado por ela. Apaixonado sem remédio, desde o dia em que os dois tiveram certeza de que a caixa destruidora havia sumido. Estava apaixonado por uma garota que não sabia da vida um décimo do que ele aprendera nos últimos três anos, esgueirando-se da ditadura, ou nos dezessete anos anteriores, enfrentando os desperdícios e bebedeiras do pai. Apaixonado desde o momento em que Lorena começara a socá-lo, descontando nele a frustração de não ter correspondido à confiança depositada pelo pai. Ou, talvez, desde o momento em que ela desistira de bater nele e se encostara na parede, chorando.

A paixão podia ter começado, também, quando ela escorregara da parede para o chão e lhe disse: "Paco, o que eu vou fazer agora? Eu estava tão cansada de ser diferente dos outros, agora não sei onde vou arranjar força para ser diferente mesmo e resolver esta embrulhada."

Ali estava ele, com Lorena, procurando madeira para fazer uma beberagem qualquer para antes de dormir, e a acompanharia por todo o tempo e lugar que fosse necessário, nem que fosse apenas para tropeçar nela, de vez em quando, e poder tocar no seu braço. Ajudaria no que fosse possível para estar perto e sentir que ela era real e que, um dia, talvez pudesse se apaixonar também. Por ele.

***

Insone, Paco imaginava o que seria deles no dia seguinte, quando encontrassem o pescador que a organização indicara como confiável para ajudá-los na travessia pelo mar. E se alguma coisa desse errado? Se alguém fosse preso na capital, antes que atingissem a praia, a aldeia onde vivia o homem? Apesar dos pensamentos inquietos, cochilou e teria dormido de verdade, não fosse a voz de Lorena.

– Paco, acorde.

Paco despertou assustado. Não era sonho, Lorena estava de joelhos bem perto dele. Quase como nas histórias que ele sonhava acordado, com o dia no qual tudo aquilo tivesse acabado e ele estudasse numa clara e moderna universidade estrangeira, sem decretos para banir estudantes, sem mosquitos e suas doenças e, de preferência, com a bela filha do professor Nicodemos Guatierez por perto.

– Acorde, Paco – a mão de Lorena no seu rosto barbado, sua voz baixa, urgente, perto do seu rosto. Sonho, talvez. – Preciso confessar uma coisa antes que amanheça, antes que as coisas se resolvam, antes que a gente saia daqui.

– Aconteceu alguma coisa? – Paco se apoiou no cotovelo, Lorena era uma sombra à sua frente, impedindo a visão do grupo a distância.

– Não aconteceu nada, ou melhor, aconteceu tudo. Eu quero que você saiba, antes que a gente saia daqui... – Lorena aproximou a mão do rosto do rapaz espantado, percorreu o lado esquerdo do rosto dele, o lugar onde ela um dia arranhara. – Eu quero que você saiba que William não teve a menor importância, foi só uma bobagem de garota teimosa. Para mim, hoje, parece que ele nem existiu.

Paco tentou interrompê-la, sentando-se e tentando segurá-la, mas ela colocou as duas mãos no peito dele para tomar coragem, e depois, olhando diretamente para ele, continuou:

– Não teve importância, a não ser pela desgraça de ter roubado o *anthrax* e obrigado a gente a fugir – ela sorriu e ele voltou a sentir a tontura que aquele sorriso lhe provocava. – Pensando bem, ele teve importância porque eu não teria conhecido você, como conheço agora, se ele não existisse. E eu não saberia que você é o homem que eu quero.

"É sonho. Isso não está acontecendo", pensou Paco, ao ouvir a confissão de todo inesperada. Lorena aproximou o rosto do dele, olhando primeiro sua boca, depois os olhos, e aí ele não teve dúvida do que desejavam. Na última noite da fuga.

***

O dia seguinte amanheceu ensolarado e eles puderam avançar pela lama e pelas pedras que conduziam à praia, finalmente avistada de longe. Não era uma descida fácil, mas era a etapa final e eram grandes as chances de conseguirem sair de Natividad assim que contatassem o barqueiro de confiança, o homem indicado por um militante da organização de Paco. Lorena e Paco eram a imagem exultante de jovens sem problemas e com o mundo a conquistar. Caminhavam de mãos dadas, sem se importar em comunicar aos outros qualquer mudança, mas quem os olhasse saberia que ali existia um pacto novo. Na hora de decidir quem iria até a praia conversar com o contato, Paco sugeriu que Julian fosse, o braço em volta dos ombros de Lorena. Quando o irmão se afastou, ele acenou para Nicodemos e Mercedes e avisou:

– Nós vamos sentar na clareira que passamos agorinha. Vocês nos avisam quando Julian voltar?

Mercedes acenou compreensiva e Nicodemos sorriu quando os dois se afastaram.

– Minha filha se parece comigo nesse aspecto. Não fica sofrendo por quem não merece – disse ele, abraçando Mercedes.

– Tomara que ela consiga não sofrer demais por quem merece, porque essa é a única dor que não tem jeito – respondeu Mercedes, recostando a cabeça no ombro dele.

– Não acredito que Paco seja o tipo de homem que faz uma mulher sofrer.

– O amor sempre pode fazer a gente sofrer, Nico. É um risco que faz parte da experiência.

O cientista não respondeu e os dois ficaram observando, de longe, Julian conversando com o barqueiro, como num filme mudo. Se ouvissem a conversa, sentiriam a mesma opressão que o irmão de Paco sentia com as notícias que ele transmitia.

– Se você chegasse um pouquinho antes teria encontrado o homem aqui, se fazendo de muito amigo, mas perguntando, perguntando, quem tem saído para pescar, parentes de quem chegou ou partiu.

– Mas como o senhor tem certeza de que era da polícia? Um homem sozinho nessa lonjura... – Julian sentia-se desfalecer só de imaginar que depois de tanto sacrifício poderiam não conseguir escapar.

– Qual, eles nunca estão sozinhos. Hoje, ele apareceu de batedor, para mostrar que estão de olho, que desconfiam. Amanhã, aparece outro.

– Mas nós vamos conseguir o barco assim mesmo, não vamos?

O pescador olhou para Julian, numa mistura de comiseração e ganância.

– Nós aqui ajudamos os companheiros, quando a ajuda não prejudica a nossa gente. Eu vou ter de consultar os outros, saber quem aceita o risco. E por quanto.

Julian, então, se sentou na praia. Mercedes e Nicodemos, do alto e de longe, esperavam na agonia de não saber o que se passava, porque ele não voltava imediatamente com a notícia de que podiam descer, de que o barco os esperava para levar os cinco dali para outro país mais amigo.

– Basta olhar para o jeito como esse menino vem subindo, para saber que as notícias não são boas – comentou Mercedes, soturna.

– Quais são os indícios? – perguntou o professor, motejando da assistente mas com um ar sério. Era assim que ele questionava os relatórios de pesquisa dela no trabalho.

– Os ombros caídos para frente, os joelhos meio dobrados, ele não sabe o que fazer com as mãos, parece que está carregando os pecados do mundo – ela fez a enumeração com placidez, mas havia um ar de sorriso no final. – O corpo fala, você não sabia?

– Sabia. Mas, talvez, os ombros estejam frouxos de cansaço e fome e não porque ele se sinta o cordeiro de Deus expiando os pecados do mundo – respondeu Nicodemos apreciando o rosto redondo, os olhos puxados e vivos, os ombros um tantinho encolhidos protegendo os seios fartos, a curva da barriga de gordinha de Mercedes. – Engraçado, eu tinha medo que essa marcha forçada fosse consumi-la, mas você está mantendo a forma...

– Eu acho que ele sabe que não é o cordeiro. Daí o desânimo. E o alívio – ela interrompeu o que ele falava, levantando-se decidida, não de um pulo rápido e largo como faria Lorena, mas num pulinho seco e curto. – Vou me encontrar com ele.

– Pode ser perigoso, deixe que eu vou – disse o professor.

– Você fica. Eles não querem a mim ou a Julian. Nem mesmo a Lorena. Eles querem é você. Se acontecer alguma coisa comigo ou com Julian, vocês podem continuar. Eu vou, você espera – decidiu Mercedes.

– Mercedes... – Nicodemos estava falando para o vento, percebeu. Ela desceu ao encontro de Julian, ele ficou observando os dois.

Percebeu que a bióloga inquiria o rapaz que explicava algo com a expressão aflita, colocando as mãos no rosto com uma agonia tal que Nicodemos começou a se preparar para descer ao encontro deles. Mercedes, porém, passou o braço pela cintura do rapaz e, amparando-o, começou a subir com ele, conversando, e Nicodemos pensou na quantidade de ternura e previdência existente naquela mulher que a ele, nos últimos anos, pareceu sempre uma máquina de eficiência e severidade, comandando o laboratório como seu lugar-tenente. Se ele, nos últimos meses, acabou se envolvendo amorosamente com Mercedes foi sem prestar muita atenção, reconhecia agora. Os últimos dias, no entanto, haviam provado a importância que ela vinha adquirindo na sua vida.

Era nítido que Mercedes consolava Julian, pensou Nicodemos. As notícias deviam ser muito ruins mesmo. Ele era um homem por natureza otimista e sem medo. Criado para a ciência, não acreditava em maus sentimentos ou premonições. Pela primeira vez, porém, vendo Mercedes e Julian subirem a ladeira em sua direção, Nicodemos Guatierez suspeitou que o roubo da caixa acontecera para mudar a sua vida, a vida da sua filha e a de todos que os estavam acompanhando. Para sempre.

***

– Quando conheci você, pensei que nunca tinha visto uma garota tão bonita. E orgulhosa. Mas, pensando bem, você tem motivos para ser assim.

– Eu, quando conheci você, pensei que alguém que precisa muito de emprego não podia ser tão enxerido e arrogante.

Paco e Lorena riam um para o outro naqueles minutos que roubavam da fuga e das preocupações, momentos de beijos na sombra da árvore, beijos que começaram na noite anterior e que ele, reconhecia agora, desejava desde o dia de sua chegada na casa de Nicodemos Guatierez.

– Eu não entendia como um sujeito tão bonzinho como Julian podia ter um irmão como você, sempre tomando conta de tudo com esses olhos preocupados – ela passou o dedo pelas sobrancelhas dele, descendo até atrás da orelha, e ele encolheu um pouco o pescoço num gesto inconsciente de fuga e deleite.

– Faz mais isso que você fez, é gostoso.

– Isso? – ela passou a mão de novo. – Não sabia que você era dengoso. Não combina com você.

– Combina mais com o meu irmão, não é?

– Por que você está lembrando de Julian agora? – perguntou Lorena se aconchegando mais ao abraço dele.

– Porque eu notei como ele olha para você o tempo todo, quando pensa que ninguém está observando. Você também é a garota dos sonhos dele.

– Mas eu não quero o irmão louro, quero o moreno. Sempre. Você é o cara quase perfeito que eu estava esperando.

– Quase?

– Quase, mais do que isso é dar confiança demais para um estudante de biologia, fantasiado de jardineiro – Lorena riu, agarrando as orelhas dele e puxando o seu rosto para mais perto do rosto dela.

Os dois se beijaram de novo e teriam prolongado mais e mais aquele beijo se não fosse a tosse discreta de Mercedes a interrompê-los.

– Lorena, Paco, temos uma decisão importante a tomar. Vocês poderiam se juntar a nós um instante?

– Nós vamos, Mercedes, mas tem de ser rápido, não quero ficar falando de coisas sérias agora que encontrei a alegria da minha vida – disse Paco rindo, levantando-se e estendendo a mão para que Lorena se levantasse.

– Vai ser rápido, filho, não temos mais tempo – respondeu Mercedes.

***

– Eu não quero sair daqui sem você – Lorena agarrava chorosa a gola da camisa de Paco.

– São apenas alguns dias. A próxima barca que sair para a pesca de camarão leva nós dois.

– Mas por que você? Porque não ficam Julian e Mercedes? Ou então eu e você? Eu ficaria com você aqui. O tempo que fosse necessário.

– Nunca. O risco é muito grande. Você tem de partir com seu pai. E eu não quero que Julian espere comigo. Mercedes é diferente, ela se ofereceu para ficar, como disfarce da fuga de seu pai, para existir alguma chance de enrolar o pessoal, fazê-los acreditar que Nicodemos ainda não partiu.

– Meu pai não pode aceitar uma coisa dessas, ele nunca permitiu nenhum sacrifício de mulheres por ele...

– Querida, seu pai precisa sair daqui imediatamente. Se a polícia política puser as mãos nele ou em você...

– Não podem obrigar meu pai a colaborar com as sujeiras deles...

– Lorena, sob tortura, qualquer um pode ser obrigado a fazer qualquer coisa.

– Não meu pai. Ou você – insistiu Lorena teimosa. – Nós podemos ficar todos, vamos todos para a cadeia ou só saímos daqui juntos.

– Lorena... – Paco olhou por cima da cabeça dela para o pescador que os aguardava, impaciente, num barquinho aparentemente incapaz de fazer a travessia para o continente.

– Lorena, você vai partir agora com Julian e com seu pai. Eu não quero que você seja torturada, Mercedes não quer que seu pai seja torturado. Nós dois não conseguiríamos suportar isso.

– E você? – Lorena fincava os pés no chão, porque Nicodemos já estava do lado, segurando-a pelo braço, os olhos vermelhos de lágrimas.

– A gente se encontra depois – Paco não respondeu ao que ela perguntava, não queria mais falar de tortura e de medo. Ele a libertou de Nicodemos e a abraçou bem apertado. – Você é a garota dos meus sonhos, não se esqueça – ele disse com o rosto no pescoço dela. – Agora vá.

O pescador ligou o motor do barco, Julian se aproximou para um abraço apertado no irmão. Mercedes também abraçava Nicodemos, choravam todos. Nicodemos recuperou o controle, conduziu Julian e Lorena para o barco.

– Você promete que vem? – gritou Lorena por cima do barulho do motor. – Você vem ficar comigo?

Paco respondeu alguma coisa da praia, mas ela não conseguiu ouvir, ficou olhando para ele e chorando, até que os vultos dele e de Mercedes desapareceram, e os quatro dentro do barco só viam o mar.

DEPOIS DO DILÚVIO

As comemorações do ano novo de 1988 ferviam na ilha. Para os que moravam ali o ano todo, a multidão de turistas bebendo e dançando na faixa estreita de praia era um presente dos deuses protetores de Miranda. Os que vinham do estrangeiro gastavam fortunas para praticar esportes aquáticos nas águas sempre verdes, dançar os ritmos indígenas, tentar aprender a tocar os instrumentos de bambu. Gastavam fortunas nos hotéis de luxo construídos nos últimos três anos por grupos espanhóis e americanos no paraíso recém-descoberto. Sim, porque Miranda era, praticamente, a última fronteira virgem no arquipélago de milhares de ilhotas ao sul da Austrália.

Os ilhéus ganhavam dinheiro trabalhando nos hotéis, pousadas, bares, mesmo que os grandes hotéis preferissem trazer gente de fora por considerar os nativos resistentes à aprendizagem, apesar do encanto e da doçura com que tratavam os hóspedes.

Os nativos ganhavam dinheiro também acompanhando os turistas em excursões pela magnífica floresta que se estendia pelas montanhas. E dançando e cantando para eles, que adoravam participar dos cultos locais e fotografar os iniciados caindo em transe nas cerimônias sempre festivas.

Alguns habitantes de Miranda, porém, odiavam a horda de estrangeiros. Especialmente a presença dos grupos enormes de jovens que vinham em excursões curtas para dançar, beber e namorar. Odiavam pela ameaça que representavam ao meio ambiente com suas atitudes descuidadas, e odiavam por seus hábitos ditos civilizados que punham em risco o que restava da cultura local. Entre os que não gostavam do turismo de massa, estava Nicodemos Guatierez.

O cientista morava ali há oito anos. Construíra uma casa de madeira e vidro, pintada de branco, com um telhado em descida, telhas vermelhas e, na frente enladeirada, exuberantes flores tropicais se misturavam com pedras e água de um jardim japonês. A casa ficava num ponto alto que dava para uma enseada, lembrando bastante a que ele deixara em Natividad. Era um lugar de livros, música e beleza, tudo o que ele amava juntamente com a ciência que amara um dia, mas provara ser uma amante ingrata, manipulável pelos senhores errados. Apesar do desgosto de reconhecer, afinal, que toda uma vida de estudos não protegia suas descobertas dos poderosos mal-intencionados, Nicodemos ainda era um homem alegre e capaz de encontrar, se não a felicidade, pelo menos alguma paz no mundo. Por essa capacidade, fizera muitos amigos entre os nativos, financiara a construção de uma escola e de uma biblioteca com o dinheiro recebido dos prêmios por suas pesquisas. Desde que viera para ali, dedicava-se a conviver com os jovens, acompanhar as atividades esportivas, promover gincanas culturais e científicas. Nos últimos anos, começara a se inquietar com a invasão e a falta de cuidado dos turistas. Temia pelas consequências sobre os corações e mentes daqueles que nunca tinham visto tanto dinheiro e não estavam acostumados aos padrões de sexo e uso de drogas trazidos de fora.

No Natal, a mocinha de 14 anos que entregava leite, tangendo de porta em porta uma cabra, apareceu com um vestido mais apertado na cintura. Por acaso, Nicodemos saía de bicicleta com Julian, que chegara com a esposa e os filhos na véspera, e escutou a menina contar à empregada que estava grávida de um jovem estrangeiro que já partira. Não se queixava, apenas dava uma notícia, mas aquilo irritou Nicodemos durante dias.

Na madrugada de 31 de dezembro, sua paciência parecia ter se esgotado. Julia e Leon sumiram depois do jantar, ninguém sabia onde estavam, mas ele suspeitava que estivessem com os turistas americanos que vira conversando animadamente com a neta na praia no dia anterior.

Por causa dessa suspeita, ele percorria a avenida da praia com Conchita mancando ao seu lado, e o manquitolar da empregada o deixava ainda mais exasperado. Ela não tinha idade, nem saúde para acompanhá-lo na busca. Insistira porque tinha medo de que ele explodisse agora, como não havia explodido há anos. Explodiria com o filho e a neta como não explodira com Lorena antes.

– O senhor não pode descontar o que não fez com Lorena, don Nico – enfrentou-o a velha empregada, quando o viu pegar a espingarda se preparando para sair de casa. – Não adianta querer espancar e ferir os malfeitores de agora, só porque não pôde destruir os monstros antes.

Uma empregada analfabeta e coxa pelas torturas infligidas pela polícia de Carlito Esteban enxergava mais do que ele mesmo. Nicodemos reconhecia isso, apesar de sua ira. Julian aguardava calado a decisão daquela contenda. Não tinha coragem de enfrentar Nicodemos e lhe dizer do exagero da espingarda para punir turistas beberrões, talvez drogados, e dois adolescentes saudavelmente rebeldes. "Paco diria que eles queriam apenas se divertir um pouco, correr algum perigo fora de suas vidinhas protegidas pelo amor e inteligência de Nico", pensou Julian, mas não disse porque não queria que o gigante, agora de cabelos totalmente brancos, sofresse mais. Nicodemos ficara cuidando de Leon e Julia sozinho, até conseguir libertar Conchita com a ajuda dos organismos internacionais de direitos humanos. Ele, Julian, estudara com o dinheiro do cientista, casara, tivera filhos. O que ele podia dizer contra um homem que perdera tanto por causa de escolhas juvenis? Calado, acompanhava Nicodemos torcendo para que os dois jovens não tivessem se envolvido em alguma encrenca maior.

Conchita rezava em silêncio para que os dois fossem encontrados logo e, de preferência, sozinhos.

Foram encontrados rapidamente, suas preces foram ouvidas nesse ponto. Mas foi só nesse. Porque Julia estava abraçada com um rapaz, no mínimo bêbado, bem mais velho do que ela, e Leon se exibia no centro de um grupo de americanos, dançando um misto de salsa e rumba que os gringos dificilmente aprendiam, porque não conseguiam manear os quadris com o suingue dos rapazes do local.

– Vamos, índio, mostre o que você faz melhor – gritou um garoto ruivo e sardento, que não devia ter dezoito anos. – Esses mestiços fazem qualquer coisa com o corpo, parecem de borracha.

Este foi o primeiro a ser atingido pelo braço de Nicodemos. Quando o que abraçava Julia se desprendeu da garota e avançou para ele, o professor movimentou o outro braço com fúria, atingindo a boca do rapaz. Os outros se lançaram

em defesa dos colegas, mas Julian e Conchita foram mais rápidos e livraram Nicodemos do alcance deles, com Leon e Julia, aturdidos, acompanhando-os. Correndo, arrastando Nicodemos furioso, conseguiram parar uma charrete, dirigida por um adolescente tímido que Conchita conhecia do mercado semanal. Foi ele que os levou amontoados até a casa, todos em silêncio, menos Nicodemos que, descontrolado, acusava os dois de irresponsáveis, mimados, destruidores de seu coração.

***

– Foi isso o que aconteceu no verão de 1973. Chegou um momento que eu achei que os gringos usariam a pesquisa de uma vida inteira do meu velho professor e minha pesquisa também para destruir o mundo. Como guerra bacteriológica. Foi por isso que viemos para cá. Para ficarmos longe dos arrogantes, dos poderosos, dos que destruíram minha filha, Paco e Mercedes. Hoje eu vi vocês no meio daqueles estrangeiros bêbados, me lembrei de tudo, perdi a cabeça – Nicodemos acabou de contar a história para Julia e Leon que escutavam cabisbaixos o avô e o pai.

Havia pouca semelhança física entre os três. Leon era atarracado, mais baixo do que a filha de Lorena e Paco, nascida na Europa, meses depois que ele viera ao mundo, na prisão política conhecida como Castanheda. A pele do rapaz era de um moreno escuro, um toque de vermelho, como se a mistura genética resolvesse não clarear, mas colocar um matiz diferente na herança indígena. Os cabelos negros e lisos estavam amarrados num rabo de cavalo descuidado até Nicodemos arrancar a fita que os prendiam, furioso com a participação dele na festa com os turistas.

Furioso também por ele se deixar tratar como um mestiço subserviente. Para o pai, aquilo era uma humilhação intolerável, não uma exibição brincalhona.

Julia era morena de sol, os cabelos escuros cortados de um jeito extravagante, a maquiagem mais pesada do que seria de se esperar numa garota de quinze anos que vivia numa ilha com o avô e com Leon, tendo por companhia os filhos de pescadores que estudavam com eles. Parecia-se com o pai, apesar dos belos traços herdados de Lorena. Da mãe, havia herdado também a teimosia, que a havia impulsionado a flertar com o turista com o qual o avô a encontrara. Sabia que Nicodemos só tolerava americanos quando eles se revelavam pessoas especiais, nunca turistas ruidosos e incultos. Sabia também que o avô odiava bebedeiras, e os dois terem vomitado no portão da pequena e florida casa, na qual viviam desde pequenos, foi o que o levou a dar uma sacudida nela e a arrancar o prendedor de cabelos de Leon. E essa também fora a causa de ele contar aquela história sobre a mãe dela, morta quando os dois eram bebês.

– Não é possível que esta história tenha sido aumentada? – Julia tentava afastar o horror. – Pode ser que a epidemia que surgiu no campo não tenha nada a ver com as lâminas de *anthrax* que o senhor guardava.

– Seu pai diria que você está negando a capacidade de canalhice de alguns seres humanos. Mas a descrição da experiência feita pelo rapaz que escapou, antes do incêndio, foi muito precisa. Tudo batia. A ferida infeccionada por injeção... eles usaram nos presos políticos, com a colaboração de técnicos americanos, o material coletado pelo professor Jesus Navarro.

– Minha mãe acreditava nisso? – perguntou Julia muito séria. Toda a bebedeira havia passado, só restava a dor de cabeça e a sensação de vergonha.

– No início, nós não contamos. Ela estava muito fraca do parto e insistia em amamentar você, Julia. Quando Leon chegou, ela amamentou os dois por uns dias, apesar de eu e Julian tentarmos convencê-la do contrário. Ela dizia que se Mercedes fora capaz de dar a luz numa prisão política em Natividad, ela seria capaz de amamentar dois lagartinhos. – Nicodemos sorriu, o rosto ainda atraente enrugando-se todo. – Ela chamava vocês de lagartinhos.

– E quando vocês contaram? – perguntou Julia. – Como ela reagiu?

– Nós só contamos quando chegou a notícia do incêndio. Quando ficou claro que apenas Paco e Mercedes seriam capazes de montar um plano tão... – Nicodemos Guatierez parou como se as lembranças evocadas tivessem o poder de colocar o sofrimento em ebulição, de novo. – Um plano tão eficiente. Eles destruíram o laboratório, a enfermaria, praticamente o campo inteiro.

– E os presos políticos? Os doentes? – Leon perguntou.

– Alguns escaparam. Paco conseguiu convencer um dos guardas a abrir a maior cela. Outros morreram, os doentes todos. Não teriam escapado de qualquer forma. A ideia da experiência era exatamente essa. Deixar a doença evoluir para descobrir mais sobre ela.

– E Paco e Mercedes?

– Morreram junto com as lâminas. O plano era incendiar o campo, forçar a fuga de quem pudesse fugir e queimar as lâminas roubadas. Só que Carlito Esteban chegou e conseguiu articular uma reação. Se eles desistissem, se rendessem, as lâminas não seriam destruídas.

– Minha mãe preferiu morrer para destruir as lâminas a se entregar e viver comigo? Viver e cuidar de mim? – perguntou Leon.

– Leon, eles nunca libertariam sua mãe ou Paco. Eles seriam os próximos a serem contaminados. Talvez até já estivessem contaminados. Eles sabiam demais. Eram testemunhas que conheciam todo o processo e também uma prova de que ali se cometia um crime contra a humanidade. Hoje eu sei que qualquer um de nós que ficasse para trás teria o mesmo fim.

– Mas porque ela ficou para trás? E grávida ainda por cima? Minha mãe era dessas mulheres que acham que podem com tudo?

Nicodemos riu com a imagem meio romântica, meio depreciativa, que Leon estava fazendo de Mercedes.

– Sua mãe era uma mulher muito doce, pequena, gordinha, não sabia atirar, não praticava esportes, uma cientista que teria dado uma dona de casa adorável, ou teria sido a boa mãe de seis filhos. Eu não sabia que ela estava grávida. Meses depois da prisão, Carlito Esteban me fez chegar às mãos uma foto dela grávida de você como uma ameaça contra minhas denúncias do roubo, do perigo que eles representavam para a democracia no continente.

– E o que você fez?

– Eu parei de denunciar. Fiquei quieto, tomando conta de Lorena, tentando tocar a vida com ela e Julian, desesperado por notícias, até que um dia me entregaram você, Leon.

Como você pode saber que eu era seu filho? E filho de Mercedes? Se a polícia política de Natividad era composta de loucos, bem poderiam ter mandado um bebê qualquer – os resquícios de rebeldia em Leon se recusavam a aceitar aquela história de homens insanos.

Poderiam, mas não mandaram um bebê qualquer. Você chegou com um bilhete, a letra era dela, avisando que meu filho tinha o nome pelo qual ela me chamou um dia e a marca igual a da avó dela, uma índia chequachua.

– Qual marca? – Julia e Leon perguntaram ao mesmo tempo.

– Ela queimou a ponta de seu quadril com nitrato de prata, você chegou com um curativo, mas a ferida cicatrizou perfeitamente. Três traços horizontais cortados por um diagonal. Era um distintivo tribal, ela não o tinha porque o pai não permitiu que lhe fizessem a marca quando era pequena.

– Você tinha medo de que eu fosse filho de minha mãe, mas não fosse seu filho – Leon constatou com calma, como se aquelas histórias terríveis tivessem acabado com a alegre irresponsabilidade de sua adolescência.

– Você podia nem ser filho dela. Eles poderiam ter dado o recém-nascido para alguma família e entregue outra criança no seu lugar. Aquela gente cometia todo tipo de abuso contra as prisioneiras políticas. Eu teria criado você, mesmo que fosse filho de uma violência contra Mercedes.

– E eu sou filha de quem? De Julian, de quem eu tenho o nome? Ou de Paco, que se deixou ficar para trás para salvar vocês? – Julia também estava séria, mais do que em qualquer outro momento de sua vida.

– Você é filha de Paco. Seu tio Julian colocou o nome dele na sua certidão de nascimento porque era uma exigência do consulado. A presença do pai, uma declaração do pai. Ele convenceu sua mãe a registrá-la assim, e ela aceitou porque já sabíamos da morte de Paco. Seu pai era um cidadão inexistente pelas leis de Natividad, não existia atestado de morte, mandado de prisão, era um foragido político, um fantasma. Não havia nada a fazer, você precisava de um passaporte, a vida tinha de ser tocada.

– E ela? Por que Lorena não conseguiu esperar para que eu crescesse? Por que ela não esperou pelas mudanças?

– Não sei o que a consumiu – Nicodemos parou, pensou, decidiu. – Preciso falar tudo. Lorena achava que a culpa era dela. Uma bobagem, é claro, mais cedo ou mais tarde o americano e Carlos Esteban colocariam a mão na caixa. Havia muito interesse financeiro, muito dinheiro em jogo para eles deixarem aquele tesouro maldito guardado no quintal da minha casa. Mas ela foi definhando de culpa. Isso a fez adoecer e acabou matando-a.

– E minha mãe não entendeu isso? – perguntou, espantada, Julia. – Parece tão simples.

– Simples hoje. Depois que as coisas acontecem e a gente pensa e conta a respeito, tudo parece simples e claro. Na hora, sofrendo e temendo, as coisas parecem muito maiores. Sempre achei que a punição do exílio e de perder Paco foram demais para ela. Porque nada tirava da cabeça dela de que estava sendo punida – Nicodemos olhou o retrato dele e da filha chegando à Natividad, a namorada da época, amiga dele depois, pelo resto da vida. – Ela era tão bonita, minha filha querida.

– Pai, eu nunca mais vou desobedecer você – murmurou Leon, condoído, abraçando Nicodemos, as lágrimas começando a escorrer do canto do olho.

– Não diga uma coisas dessas, nem brincando! – Nicodemos envolveu Leon, num abraço de urso. – De que me serve um filho que não me desobedeça?

– Mas então, vô, por que contou esta história de terror? Só porque eu beijei um bêbado e Leon dançou com outros? – reclamou Julia.

– Porque a história de terror é a história de vocês, a minha, a de nós todos. E se eu não contasse, hoje vocês deixariam eles tratarem Leon com desrespeito, amanhã achariam normal que eles fizessem mais o quê?

– Agora que ouvimos, podemos voltar para a festa? – perguntou Julia.

– Podem. Só não quero...

– Que vocês se coloquem em situações que não possam escolher qual é o caminho... – repetiram Leon e Julia, juntos, a frase ouvida milhares de vezes.

– Podemos ir? – Leon perguntou sorrindo e Nicodemos viu o sorriso meio torto e raro de Mercedes troçando dele.

– Podem.

– Num pulo, agarraram as bolsas e os casacos para evitar qualquer mudança de opinião de última hora. Nicodemos foi até a varanda, viu os dois atravessarem o jardim entre as roseiras quebradas, como se nada tivesse acontecido. Quando se voltou para entrar em casa, deparou com Julian.

– Você escutou tudo? – perguntou Nicodemos.

– Tudo. Você só esqueceu de contar o quanto eu amei Lorena, a garota dos sonhos do meu irmão – disse Julian.

– Achei desnecessário. Eles podiam comentar com sua mulher ou com seus filhos. Os jovens, às vezes, são indiscretos.

– Tantos segredos. Tantas histórias soterradas – Julian enfiou as mãos nos cabelos, num gesto que lembrou Paco, quando soube da notícia de que só havia três lugares no barco para fugirem de Natividad. – Foi tão difícil para mim ser convencido por Mercedes. Você sabia que foi ela e não Paco que me convenceu a partir?

– Não sabia – reagiu Nicodemos, espantado.

– Ela me disse que eu não resistiria à pressão, à provável tortura e que Paco não resistiria à culpa de eu não resistir. Por isso, ele preferia ficar para trás porque confiava mais na capacidade dele e menos na minha.

– Acho que nenhum de nós três resistiríamos. Paco e Mercedes eram os mais fortes – concordou Nicodemos.

– Eu queria tanto que eles pudessem ver as crianças, Leon, Julia, meus filhos, crescidos, felizes. Num mundo mais fácil.

– O mundo nunca é fácil – atalhou Nicodemos.

– Menos feio – tentou Julian.

– Nem menos feio – Nicodemos começou a desligar as luzes, preparando a casa para o sono, já que os jovens não chegariam tão cedo. – Talvez as únicas coisas realmente boas e bonitas no mundo sejam as crianças, os amigos e as mulheres, Julian.

– E isso nós temos – brincou Julian.

– Para nossa felicidade – disse Nicodemos. – Até manhã, filho.

Ele acenou com a mão antes de se retirar, mais velho, um pouco curvado, mas ainda um homem charmoso. Julian ainda ficou na varanda, pensando em Lorena e Paco e no amor dos dois. Tão rápido e determinado. Um amor pelo qual muita gente passa a vida esperando e outros não fazem por merecer. Um amor de sonho. Quase perfeito.

CARTA AO LEITOR

Leitor amigo,

Este livro tem como história-base a seguinte carta do Banco de Histórias do jogo *Autoria*:

"Alguém abre o compartimento no qual estão guardados os males que podem destruir o mundo."

As pessoas, ao lerem isso, se lembrarão do mito de Pandora. Mas talvez não saibam que, a partir desse início, dessa base, muitos outros enredos foram contados.

Uma história base é a essência – e só a essência – do que vai ser desenvolvido pelo enredo. A maneira de contar, os personagens, os cenários, os problemas, as soluções possíveis e o gênero fazem parte do enredo.

No jogo da ficção, para se escrever uma narrativa, é preciso percorrer vários passos antes ou durante a criação. Fazer escolhas importantes para garantir a coerência. Definir os personagens como se fossem amigos íntimos, de quem se conhece quase tudo, para se saber como vão agir, o que vão dizer, o que não fariam de jeito algum.

O objetivo dessa carta é dividir com você o método usado por mim para escrever este livro. Essa partilha pode ser útil para você criar em grupo, ou sozinho, em casa ou na escola.

Uma das coisas mais interessantes de se criar a partir de uma história base é definir qual é o seu início, seu equilíbrio primeiro, o ponto pelo qual deve-se começar a desenvolver o enredo.

Lendo o libreto que narra *A caixa de Pandora*, podemos perceber que os antecedentes do presente ambíguo ofertado pelos deuses aos homens são muito importantes para o mito. Uma mulher perfeita, guardiã de todos os males e da esperança de redenção, solução, reequilíbrio. Se alguém fosse imprudente, curioso em excesso, irresponsável, enfim, caísse em tentação de abrir a caixa, a culpa seria de quem fez isso. Considerando o ponto de vista dos deuses.

Escrevendo *A garota dos seus sonhos e o cara quase perfeito*, me ocorreu o quanto os mitos são parecidos ou interligados. A Bela Adormecida também se perde no sono porque mexe onde não devia. E Psiquê quase morre porque também abre a caixa errada. Mas Pandora, o mito mais completo, tem a chance de redenção através da Esperança que impulsiona o ser humano a se superar ou a refazer o caminho e consertar seus erros.

Desenvolver esse enredo, portanto, implica uma escolha inicial: mantém-se a importância dos antecedentes ou joga-se com as consequências de abrir o compartimento? Ou seja: qual é o problema central da sua história?

No jogo *Autoria* existe um conjunto de perguntas de enredo para guiar a criação. A primeira diz respeito à época em que se passa a história. A segunda, ao lugar. A terceira, aos personagens. A quarta, aos cenários.

Existe algum problema, mistério nessa história? É a quinta pergunta, e, neste livro específico, precisei – ou melhor, escolhi – começar por ela. Isso porque cair em tentação de mexer onde não se deve mexer é um dos maiores problemas humanos. Mexer em casa de marimbondo. Colocar a mão em cumbuca. Comer a maçã do pecado. Cair em arapuca. Abrir o compartimento secreto (de conteúdo desconhecido), apertar o mecanismo capaz de provocar destruição, tomar um caminho perigoso.

Na tradição popular ou nas grandes obras religiosas e literárias nas quais a humanidade se inspira, essa questão está sempre presente. E o mais interessante é que junto se coloca o papel da esperança. Há possibilidade de voltar atrás, reconstruir, consertar o que foi feito, ou sobreviver ao erro cometido.

Alguns exemplos práticos. Nos relatos mitológicos ou religiosos, os homens na época de Pandora, para os gregos, Adão e Eva na Bíblia. Nos relatos históricos, a bomba atômica jogada sobre Hiroshima, a contaminação da natureza em sucessivos desastres ecológicos provocados pela mão humana. Na ficção, o enredo de *A chave do tamanho*, *Querida, encolhi as crianças*, *Epidemia* e milhares de outros na literatura, no cinema, na televisão.

Isso sem contar as infindáveis bobagens que cada um de nós (ou pessoas próximas, porque é sempre mais fácil identificar erros alheios) faz durante a vida, desencadeando processos desastrosos que precisam ser revistos. Alguns conseguem, outros não.

Como considerei que a quinta pergunta deveria ser respondida em primeiro lugar, decidi eliminar da minha história deuses, "idades" da evolução humana e a ideia da mulher perfeita, guardiã do bem e do mal absolutos.

Escolhi diminuir o peso dos antecedentes e me concentrar numa situação de equilíbrio (início) que sofre um terrível impacto (perda) por causa de uma irresponsabilidade involuntária.

Os personagens têm um objetivo? Essa é a sexta pergunta do jogo. Resolvi que o objetivo de *A garota dos seus sonhos* seria consertar mesmo a burrice feita. Limpar a área.

Decididas essas duas questões, pude voltar com tranquilidade para "responder" às perguntas iniciais.

Em que época se passa a história?

Escolhi a década de 70 (sec. XX) porque foi um período sombrio no Brasil e na América Latina, e essa época está meio soterrada pelo esquecimento, nos dias de hoje. Essa foi minha escolha inicial, sem consciência das implicações.

Em que lugar se passa a história?

Em consequência da primeira escolha, defini um país imaginário, em algum lugar do Caribe, para onde, facilmente, poderia transpor circunstâncias da época como o decreto 477 que proibia professores, funcionários e estudantes suspensos por atividades políticas contra o governo de estudarem ou trabalharem em outras escolas ou universidades. Acreditem, isso existiu no Brasil e em outras ditaduras do nosso continente.

Quem são as personagens?

A personagem principal é uma jovem que recebeu uma educação quase perfeita, porém vive descontente com a própria identidade. Ela queria ser comum, ser igual aos outros, para isso precisa errar, dar a si mesma a oportunidade de negar o que recebera como herança.

As outras personagens são o pai, que a educou com o auxílio de mulheres que tentam presenteá-la com suas melhores qualidades, dois irmãos (um "que vê antes" e o outro que acompanha a moça), auxiliares, adversários, personagens secundárias na trama, o namorado mal-intencionado, vilão que representa o poder, a falsa amiga com a qual ela deseja tanto se igualar.

Em que cenários se movimentam essas personagens?

Todos os cenários são derivados da construção das personagens. Se eu defini o pai como cientista, preciso de um laboratório; de uma casa onde pai e filha morem. E cenários eventuais onde se passem as ações das personagens, principais ou secundárias.

Qual o gênero da história?

A minha intenção manifesta foi fazer um enredo de suspense. Terei conseguido? Não sei.

Nenhuma escolha é fortuita, aleatória, a ficção nos ensina isso. Eu passei boa parte da minha juventude participando das lutas contra a ditadura militar no Brasil, conheci de perto o sofrimento de amigos presos, exilados e alguns desaparecidos. Quando terminei o livro, me dei conta de que o parto de Mercedes na prisão política, o bebê que é devolvido à família, o diálogo de despedida do jovem casal, tudo isso fazia parte da minha memória. Trazia um pouco do que aconteceu com um casal de estudantes que se apaixonou em plena guerrilha do Araguaia. Na despedida, ela grávida, eles achavam que um dia se veriam de novo quando a luta armada derrubasse a ditadura. Isso não aconteceu. Ele foi morto, talvez combatendo, talvez na tortura, e ela conseguiu chegar a São Paulo e viver livre por cinco meses até ser presa e dar a luz no DOI-CODI de horripilante memória. O filho e ela sobreviveram para contar a história. Eu conheci o menino e a mãe, e acabei incorporando essa lembrança ao livro.

Devo confessar também a você, leitor, que a *Caixa de Pandora* é uma das mais perturbadoras e, ao mesmo tempo, gratificantes lembranças da minha infância. No dia seguinte à primeira leitura que fiz desse mito da coleção "O mundo da criança", eu tive a primeira oportunidade de descobrir o quanto contar histórias pode salvar vidas e influenciar pessoas. Foi quando aprendi, na prática, a importância da palavra contada e da esperança contra a crueldade e o desespero. Eu tinha oito, quase nove anos e nunca mais esqueci essa história sendo contada por uma menina para sua mãe prestes a cometer um desatino. Pode ser que os jovens leitores deste livro nunca precisem lançar mão do mito para consolar ou acalmar alguém. Tomara. Mas se um dia precisarem desse recurso, podem usar. Eu asseguro que funciona.

Outra coisa. Eu escrevi este livro "de dentro" da *Caixa de Pandora*. Explico. Escrevi dentro do período que fiquei, estive, estou sem fumar. Porque dependência é isso, lutar dia a dia para largar (ou para não voltar a usar) uma droga altamente viciante e não ter certeza de quanto tempo vai se resistir à tentação. E o tempo todo, as coisas ruins que escaparam da caixa ficam pressionando para que se volte para o prazer rápido, imediato que o cigarro traz. Então a ira se manifesta como pavio curto a qualquer provocaçãozinha, surge a inveja de quem é mais bem-aquinhoado em qualquer aspecto importante, a gula nos aponta todas as guloseimas proibidas e ficam a nossa volta todos os males que atormentam a nós, seres humanos. Me senti muito mal durante esse tempo, e se eu soubesse que largar o cigarro custava tanto mal-estar, jamais teria começado a fumar na minha juventude.

Agradeço a meu irmão, Paulo César Rodrigues, as sugestões para outra trama que, felizmente, não aproveitei. Ficam assim prontas para um livro que ele venha a escrever. Paulo é um leitor precioso e deu ótimas sugestões a um outro livro desta coleção *A ilha dos amores*.

A garota dos seus sonhos e o cara quase perfeito foi o meu primeiro livro escrito sem cigarro. Uma proeza para uma viciada. Um esforço enorme o de desvincular uma das coisas que eu mais amo – escrever – da droga nicotina. Consegui. Oba!

É um livro, portanto, de amor e de vitória. Tem coisas tristes? Tem. Mas voltem ao início, vejam a citação de John Steinbeck e lembrem que a verdade do mito é bonita mesmo quando nos aterroriza.

Visite o *site* www.autoria.com.br

A autora

Sonia Rodrigues é carioca, escritora de literatura, teatro e televisão e co-autora dos jogos de criar histórias *Autoria* e *Cabral: descoberta e criação*. Os jogos surgiram de sua tese de doutorado sobre *Roleplaying Game* (RPG) e têm sido adotados em muitas escolas, por todo o país.

Sonia adora aventuras que envolvem gente jovem, grandes amores, muitas dificuldades e vitórias duramente conquistadas, porque "é disso é que é feita a vida".

Mãe de três filhos e filha e neta de contadores de histórias, sempre viveu entre relatos de proezas, alegrias e dores de personagens, que se tornavam – em sua imaginação – tão íntimas que ela, em criança, acreditava que existiam de verdade.

Aliás, no livro *Casa de Delícias* (Formato), ela conta dessa impressão, que foi decisiva para a escolha de seu caminho. "Escrever sempre, porque escrever – como cantar – espanta os males e atrai coisas boas e gostosas para a vida da gente".

A ilustradora

Sandra Bianchi é do Triângulo Mineiro. Nasceu em Uberlândia, mas foi na cidade de Sacramento que viveu toda a sua infância e adolescência.

Em Belo Horizonte, fez o curso de Belas Artes da UFMG onde, depois de formada, foi professora de desenho. Atualmente tem-se dedicado mais à atividade de ilustração, que, segundo ela, é o que mais gosta de fazer. Em 1995, suas ilustrações para o livro *A viagem do João de Barro*, de Priscila Freire, foram premiadas pela Câmara Nacional do Livro Infantojuvenil.

A Caixa de Pandora é o sexto e último livro da coleção Reconstruir, para a qual Sandra foi escolhida como ilustradora da parte referente aos mitos. A técnica utilizada foi o nanquim, tal como nos cinco volumes anteriores, procurando, principalmente, buscar uma unidade formal e estética para a coleção.

Para ilustrar os textos dos mitos gregos, a ilustradora buscou, como fonte de pesquisa, as cerâmicas gregas. A partir dessas representações, construiu suas personagens e paisagens.

Desta vez, fechando a coleção, ela ilustra também o outro lado do livro, que traz a reconstrução livre do mito de Pandora, *A garota dos seus sonhos e o cara quase perfeito*. Aqui, a técnica utilizada foi a aquarela. Algumas ilustrações são elaboradas a partir de referências fotográficas; outras, por idealizações motivadas pelas imagens provocadas pela descrição feita pelo narrador da história.

coleção

reconstruir

SONIA RODRIGUES

A CAIXA DE PANDORA

Ilustração
SANDRA BIANCHI

Formato

A CAIXA DE PANDORA

Contavam os antigos gregos que, há muitos e muitos séculos, há milhares de anos, na Idade do Ouro, habitava a Terra uma raça humana perfeita. Viviam os homens sem problemas e sem dores, sempre jovens, saudáveis e belos. Tudo o que necessitavam, a Natureza lhes oferecia sem que precisassem trabalhar, correr riscos, sofrer. Quando morriam, era durante o sono, e os deuses os transformavam em seres que velavam pelo bem-estar dos viventes.

Por divergências e batalhas entre os deuses, os homens da Idade do Ouro foram exterminados e em seu lugar surgiu uma outra raça, de Prata, ambiciosa, rude, pouco inteligente e cruel. Essa raça sobreviveu por milhares de anos em constante rivalidade com seus semelhantes e indiferente e impiedosa em relação aos deuses. Eram homens fracos, viviam uma longa adolescência e, quando chegavam na idade adulta, poucos anos lhes restavam, pois não sabiam distinguir o que lhes fazia bem do que lhes fazia mal. Foram tantos os seus enganos e torpezas que Zeus, o deus dos deuses, resolveu destruir essa espécie e lançá-la no Hades, o reino das profundezas sob a Terra. Em seu lugar, Zeus criou os Homens de Bronze.

A Idade do Bronze foi um longo período em que os homens não trabalhavam, não cultivavam a terra, viviam da caça, da coleta de frutos e do saque. Eram também – como os homens da Idade da Prata – impiedosos e arrogantes, não respeitavam os deuses, que, da mesma forma, não tinham por eles a menor simpatia.

Aconteceu de um titã, chamado Prometeu, se apiedar desses homens e atribuir sua impiedade e violência às condições terríveis em que viviam, abrigados em cavernas e árvores, alimentando-se de carne crua, padecendo de frio e fome. Prometeu – que em grego significa "aquele que vê antes" – decidiu roubar o fogo do Monte Olimpo, morada dos deuses, para dar aos homens.

Com o fogo, eles puderam cozinhar os alimentos, curtir as peles de animais, forjar os metais para fazer suas armas, daí o nome pelo qual eram conhecidos, homens de bronze, porque era esse o material usado em seus escudos, capacetes, lanças.

O fogo era uma grande conquista, equiparava os homens aos deuses, e estes consideraram que Prometeu cometera um erro monstruoso. Mais ainda: não satisfeito de ter desafiado Zeus da primeira vez, roubando o fogo, Prometeu tornou a roubá-lo quando o deus o tomou dos homens, mergulhando de novo a Terra no frio e na escuridão. Zeus, então, duplamente desafiado, decidiu punir Prometeu depois de dar oportunidade aos homens de se destruírem por conta própria.

Era uma época em que a justiça estava esquecida, e a violência, a inveja, o descomedimento campeavam entre os humanos, que brigavam entre si, tendo de tomar uns dos outros o fruto do trabalho ou a riqueza herdada.

Acreditavam os deuses que esse estado de coisas devia-se à pretensão humana. Detentores do fogo, os homens não dependiam mais da abundância da natureza e de suas intempéries. Não estavam sujeitos ao ciclo das estações, não precisavam se contentar com o que lhes fosse ofertado. Eram capazes de afastar o frio e prevenir a fome. Podiam guardar, conservar, construir, trocar, vender, entesourar.

Zeus, o deus dos deuses, zangado porque Prometeu roubou o fogo do Olimpo para dá-lo aos homens, enviou a Epitemeneu, irmão de Prometeu, uma mulher perfeita, Pandora. Ela havia sido feita a partir da argila por Hefesto, o deus artesão de imensa habilidade. Cada deusa lhe ofertou, no seu nascimento, um dom. Daí seu nome, Pandora, a que possui todas as qualidades.

Pandora foi enviada à Terra como um presente divino aos homens, sem que ninguém imaginasse do que se tratava. Prometeu, inúmeras vezes, avisara seu irmão Epitemeneu – o que vê depois – que não aceitasse nenhum presente vindo de Zeus. A beleza de Pandora, no entanto, o encantou de tal forma que ele não resistiu. Casou-se com ela, em meio a grandes festas, fazendo-lhe apenas uma recomendação: que não abrisse, em nenhuma hipótese, uma caixa lacrada por Prometeu que estava guardada em sua casa.

Pandora havia recebido todas as qualidades das deusas e tratou de colocá-las em prática. Com a sabedoria de Palas Atená, observou o crescimento da natureza e aplicou-o em favor da agricultura, garantindo semeadura e colheita. Do algodão, do linho e da lã, tirou fios e armou-os em tecidos. Possuindo o dom de Artémis de lidar com os animais, trouxe todos os que pôde para o convívio com os humanos. A capacidade de criar beleza, herdada de Afrodite, fez com que transformasse a argila em cerâmica decorativa, plantas em cores, flores em perfumes, grãos em pratos deliciosos. O empenho de Hera em relação ao casamento e o amor de Héstia e de Deméter aos filhos permitiram que ela criasse com Epitemeneu uma família saudável e bonita.

Era amada, Pandora, por suas realizações. As outras mulheres a admiravam, os homens encaravam com um respeito temeroso aquela que era capaz de tantas realizações. O fogo ofertado à humanidade por Prometeu havia se somado à criatividade de Pandora, e os homens da Idade do Bronze possuíam tudo para fazer da Terra um paraíso. Aparentemente. A fartura era bastante para todos, mas sempre existia um homem ou uma mulher querendo um pouco mais do que tinham os outros. Às vezes, as colheitas melhores ou o artesanato mais bem-acabado provocavam rivalidades. Não estavam presentes, porém, sentimentos mais fortes que pudessem degenerar o quadro de prosperidade em que os homens viviam. Por enquanto.

Pandora vivia feliz com o marido, os filhos, a comunidade para quem representava um presente dos deuses. Não se pode esquecer que ela possuía todas as qualidades, inclusive a de querer saber sempre mais. E como costuma acontecer com as coisas boas que, um dia, podem se transformar e provocar erros, ela fez o que pôde para atender ao pedido do marido, mas a curiosidade era cada vez mais forte. Um dia, não resistiu. Abriu a caixa e, para seu terror, viu escapar dela os males do mundo.

Era o momento esperado por Zeus. Num instante, se espalharam a fome, a inveja, a avareza, o ódio, a vingança e as doenças, e esses males se instalaram nos corações e nas mentes dos homens que já praticavam a disputa desde que aprenderam que a Terra poderia ser fonte de riqueza e poder.

No fundo da caixa, frágil, lutando para sair e sobreviver, restou apenas a esperança, muito menor do que os poderosos males, e dependendo de alguém que alimentasse seu crescimento para não definhar no ambiente hostil em que havia se tornado a Terra para sempre.

Pandora quis morrer quando viu a que levara sua curiosidade, sua ânsia de descobrir o que existia por debaixo da tampa. O marido lembrou-se, de imediato, dos conselhos de Prometeu e amaldiçoou o dia em que a desposara. Ela não lhe tirou a razão em sua ira justa, mas sabia que não podia se deixar dominar pela culpa. Os filhos dependiam dela, era uma época conturbada pelos males recém-revelados e um tempo em que não existiam ainda soluções para tantos problemas. Agarrando-se à esperança de sobreviver e consertar, ao menos em parte, o desastre que involuntariamente causara, Pandora seguiu adiante ensinando à filha Pirra tudo o que herdara das deusas, acrescido do que ela própria criara.

Estava aberto o caminho para que Zeus destruísse a espécie ingrata que por três vezes – na Idade do Ouro, na Idade da Prata e na Idade do Bronze – se mostrara incapaz de povoar a Terra em harmonia e felicidade.

Zeus ainda se deu ao luxo de esperar pelas manifestações de descomedimento dos homens frente aos males espalhados pela abertura da caixa. Viu aqueles que antes eram hospitaleiros recusarem abrigo aos necessitados por não querer dividir o seu teto. Assistiu aos que possuíam muito recusarem alimento aos que sentiam fome e frio. Pôde medir até onde chegava a retaliação daqueles que, um dia, se sentiram ofendidos e, tendo oportunidade, cobravam mais e mais de seus desafetos, chegando às piores ofensas e torturas quando conseguiam colocar as mãos em seus ofensores. Presenciou a arrogância dos que recusavam, a partir dali, a adorar aos deuses, considerando que eram poderosos o suficiente para dispensar ajuda de quem quer que fosse.

A fome fez com que, de súbito, ao se perderem colheitas, caíssem doentes os animais e faltassem a carne e o leite. A inveja dos que tinham posses, o ódio aos que negavam ajuda por não querer ou não poder socorrer os atingidos pelos males, a vingança que tomava conta dos sentimentos, tudo contribuiu para o que germinava antes se transformasse numa semente sem condições de brotar.

A raça humana não tinha futuro, era essa a conclusão, e o deus dos deuses planejou o castigo final aos homens. Depois, cuidaria de Prometeu.

O titã, porém, não possuía como nome "aquele que vê antes" à toa. Prevendo que suas chances estariam esgotadas em breve e que os piores suplícios reservados para ele viriam logo, tratou de orientar seu filho Deucalião para que tentasse salvar o que fosse possível para os habitantes da Terra.

– Filho, em breve Zeus tratará de punir as fraquezas e os desmandos dos homens. Temo que desta vez ele se encarregará de garantir que os erros não se repitam.

– Eu imagino, meu pai, como Zeus deve estar irado com as guerras, as vinganças, as loucuras que têm sido cometidas por aqueles que deveriam ter mais bom senso – suspirou Deucalião.

– Eu não sei qual é o valor da ira de Zeus – ponderou Prometeu. – Afinal, foi ele quem enviou Pandora para casar-se com seu tio Epitemeneu. Se não fosse isso, talvez os homens não estivessem se comportando de forma tão insensata...

– Mas foi a mãe de minha mulher que abriu a caixa – respondeu Deucalião, que era casado com Pirra, filha de Pandora e Epitemeneu. – Ela podia ter evitado a curiosidade. E também, aqueles anteriormente justos deveriam resistir ao ódio, à inveja. Nem tudo é culpa dos deuses.

– Deucalião, é muito difícil manter a sensatez com as tentações soltas pelo mundo. O homem é frágil, colocar obstáculos no seu caminho é condená-lo ao fracasso – defendeu Prometeu. – Mas não podemos esperar clemência agora. É possível ainda salvar alguma coisa. Tentar, pelo menos.

Prometeu sabia como a mente de Zeus funcionava. Ele se encarregaria de garantir a destruição total. Sabia também que, se o castigo fosse o que ele estava imaginando – a eliminação de toda a natureza generosa e amável à qual os homens estavam acostumados –, poucos resistiriam. Conhecendo, porém, os deuses e os homens como conhecia, restava em seu coração a certeza de que Deucalião e Pirra, se conseguissem escapar, mereceriam alguma compaixão ao final. Não se rebelavam contra o infortúnio, não tentavam competir com os deuses, procuravam agir sempre da mais justa maneira. Possuíam as melhores qualidades dos dois lados da família, a ousadia dele próprio, Prometeu, a doçura de Epitemeneu, a capacidade de criar beleza e dar amor de Pandora.

– Uma grande mulher. Perfeita – pensou Prometeu em voz alta. – Pena não ter sabido deixar suas mãos longe daquela armadilha.

– Que armadilha, meu pai? Quem é a mulher perfeita? – perguntou Deucalião ao velho titã.

– Nada, meu filho. Ninguém. Eu estava pensando em como é difícil não errar quando a oportunidade do erro é colocada na nossa frente. Vamos ao meu plano. Tenho certeza de que vai dar certo.

Seguindo as instruções de Prometeu, Deucalião construiu uma grande embarcação, tendo para isso derrubado uma floresta inteira. Trabalhava dia e noite com a ajuda da mulher. De início, pediu ajuda a um outro vizinho. Mas quando dizia que estava construindo um abrigo para o castigo divino que não tardaria, todos riam dele.

– Os deuses estão mortos, se é que um dia existiram. Eu sou poderoso o suficiente para não precisar me preocupar com o castigo de quem quer que seja – disse-lhe um de seus vizinhos, que vivia da guerra.

– Para que se matar de trabalhar se o que queremos está ao alcance de nossa mão e o que faltar podemos tomar de quem tem de sobra ou de quem não sabe guardar o que é seu? – reagiu outro, que se enriquecia com o comércio.

– Deucalião, o seu mal é acreditar em miragens, boas e ruins, viver de sonhos. Aliás, esse é um defeito da sua família: seu pai, seu tio, sua sogra – reagiu ainda um amigo mais próximo, que servia a um rei pretensioso e mesquinho, garantindo assim uma vida confortável.

Assim, ele desistiu de acrescentar seres humanos à sua expedição de salvamento. Eles não acreditavam, paciência. Tratou de encarregar os filhos, ainda crianças, de espalharem entre os animais seu objetivo: levar numa viagem, sem destino certo, aqueles que decidissem correr o risco de sobreviver a uma catástrofe terrível que se avizinhava.

Pássaros escutaram pensativos a conversa do menino mais velho, Hellen, e levaram a notícia para os outros bichos. É possível que não entendessem exatamente qual era o plano. Talvez as mesmas dúvidas manifestadas pelos vizinhos de Deucalião habitassem seus corações. O provável é que, assistindo às bobagens que os homens faziam à sua volta, não duvidassem da intenção de Zeus de castigá-los. Sabiam, também, que o menino era neto de Prometeu e conheciam, de fama e de prática, a visão antecipada do titã sobre o mundo, os homens, os sonhos, os obstáculos. A mensagem foi transmitida para todos os não humanos que povoavam a Terra.

Pronto o navio, Deucalião permitiu a entrada de um par de cada espécie que habitava a Terra. Feras, animais domésticos, pássaros, répteis peçonhentos. Em tal cenário, seria de supor que os animais, tão diversos, brigassem entre si e se destruíssem. Não eram, todavia, humanos e por isso possuíam intacto o instinto de perigo que os avisava que, se não seguissem as instruções de Prometeu, seriam exterminados. Entraram no navio, acomodaram-se e esperaram pelo desastre, torcendo pela salvação.

Deucalião, sua mulher Pirra e os filhos haviam colhido plantas frutíferas, curativas, ornamentais, das quais conheciam os poderes de alimento, cura ou beleza. Protegeram-nas, prendendo suas raízes em vasos com terra que as permitisse germinar enquanto durassem as intempéries que Zeus havia de lançar contra os homens. Extenuado, Deucalião lacrou a entrada da embarcação e se pôs, com a família e com a fauna que aceitou acompanhá-los, a esperar. No exato momento em que fez isso, ouviu-se o estrondo do primeiro trovão.

Durante dez dias e dez noites, Deucalião e seus companheiros de infortúnio escutaram a água da chuva fustigando a embarcação, sentiram as ondas do oceano levantarem-na como a uma pena e a violência dos ventos arrastarem-na de um lado para o outro. Trancados e com medo, nem nos piores pesadelos poderiam imaginar o que estava acontecendo e, pior, o que os esperava.

Do lado de fora, não existiam mais casas, palácios, pastos, rebanhos. A chuva fizera transbordar os rios, os vendavais destroçaram tudo o que lhes servia de obstáculo e os mares invadiram a terra. Por todos os cantos só existia água, peixes e cadáveres de homens e animais terrestres. Mesmo as montanhas mais altas estavam submersas. Acabara a vida sobre a terra.

Na manhã do décimo dia, a embarcação de Deucalião, finalmente, boiava. Não era mais sacudida pelos ventos. A chuva cessara. A esperança, que habitava o coração dos descendentes de Prometeu desde o início daquela aventura, voltou a crescer. Seria possível que tivessem conseguido sobreviver ao castigo divino?

Temeroso, Deucalião abriu uma fresta na embarcação e percebeu que estavam ancorados num pico, rodeados pela água. Sem saber se era seguro descer, se o temporal voltaria ou se aquela era uma armadilha de Zeus, ele se arriscou a sair com a mulher, e os dois, tateando pela terra, renderam graças aos deuses por terem ali chegado.

Por compaixão ou por admirar o casal que fora o único de sua espécie a ter esperança suficiente para lutar e viver, Zeus lançou um de seus raios e dividiu a terra onde a embarcação estava ancorada. Uma imensa catarata surgiu entre os dois montes e, para felicidade de Deucalião e de Pirra, a água começou a escoar.

Dias e mais dias foram necessários para que todos os animais encontrassem espaço suficiente para deixar a embarcação. Dias de trabalho duro para Deucalião e sua família. Eles precisavam replantar o que trouxeram, construir abrigo, acomodar o pouco que tinham. Sentiam-se exaustos e solitários e, todos os dias, clamavam aos deuses por companhia de sua espécie. Outros iguais a eles com quem pudessem dividir o trabalho, as desditas, as conquistas árduas.

Um dia, anos depois de terem aportado no pico do monte coberto pela água, Deucalião e Pirra ergueram um templo para Zeus. Era pequeno e modesto, construído com argila e pedra, num labor exaustivo. Enfeitado com flores que eles, tão cuidadosamente, haviam salvado da destruição provocada pelo dilúvio. Em silêncio, os dois ajoelharam-se de mãos dadas, pensando mais uma vez na solidão em que viviam.

De súbito, viram surgir à sua frente uma deusa. Era Têmis, enviada por Zeus para atendê-los.

– Não sei se o pedido que fazem é sensato, pois sua espécie já provou três vezes a infinita capacidade de repetir os mesmos erros – disse-lhes a deusa. – Zeus, porém, decidiu realizar o seu desejo. Atirem às costas os ossos de sua mãe e verão surgir novamente o seu povo.

Dito isso, a deusa desapareceu, deixando Deucalião alegre e Pirra apreensiva.

– Nós não somos irmãos, somos primos. Somos filhos de diferentes mulheres. Como os ossos de nossa mãe? – perguntou Pirra.

– A mãe que temos em comum, Pirra. A Terra! – decifrou Deucalião, exultante.

Os dois puseram-se a cavar e a jogar punhados de terra às costas e nada aconteceu para sua decepção.

– Os ossos só podem ser as pedras – intuiu Pirra –, tentemos mais uma vez. Vamos andando, jogando pedras para trás e veremos o que acontece.

Assim fizeram e a cada pedra que Pirra jogava sobre os ombros surgia uma mulher e cada pedra atirada por Deucalião dava origem a um homem. Rindo e chorando, eles cumprimentavam os desconhecidos, surgidos da terra, como um dia surgira Pandora.

Hellen, o filho de Deucalião e Pirra, neto de Prometeu e de Pandora, casou-se com uma daquelas mulheres. Essa foi a origem do povo grego, conta-se. Foi também a origem dos heróis que, até hoje, sobrevivem nos livros que contam seus grandes feitos. Perseu, Teseu, Hipólito, Aquiles, Heracles, Ajáx, Pólux, Castor e tantos outros.

Por serem grandes os heróis e suas ações, a época seguinte ficou conhecida como a Idade dos Heróis. Eles também guerreavam, como seus antepassados, mas por causas e objetivos. Fundaram belas cidades, realizaram expedições para destruir monstros que atormentavam populações inteiras, enfrentaram desafios colocados por suas comunidades, às quais serviam com dedicação de líderes. Guiavam-se, em geral, por dois princípios: o da honra pessoal e o da excelência. Em função disso, não abriam mão das tarefas que assumiam e arriscavam tudo, inclusive a vida, para cumpri-las da melhor forma possível. Foi uma época de grandeza nos acertos e nos erros. A grandeza era tanta que Heracles, um dos heróis mais fortes e generosos que existiu, desafiou, certa feita, o próprio Zeus.

A punição de Prometeu fora tremenda. No mesmo momento em que o primeiro trovão iniciara o dilúvio, ele fora conduzido para o mais elevado ponto da Terra por uma águia feroz. Amarrado ao monte Cáucaso por grilhões, foi condenado a ter seu fígado bicado todos os dias por um abutre imenso enviado por Zeus. E esse mesmo fígado, que os gregos consideravam fonte de vida, renascia durante a noite para que o castigo não tivesse fim. Prometeu teria ficado ali sofrendo horrores por toda a eternidade se Heracles não o houvesse libertado.

Na Idade dos Heróis, os acertos eram grandes, generosos, produziam belas ações. Os erros, no entanto, foram, aos poucos, prevalecendo. Os heróis eram humanos. Às vezes, se afastavam da justiça, outras ocasiões levavam a honra longe demais e se envolviam em guerras terríveis que poderiam ser evitadas e cujo resultado era a morte de um grande número deles. Foram se extinguindo na Terra e chegou um dia em que todos os heróis estavam na ilha dos Bem-Aventurados, para onde Zeus os conduzia quando deixavam a vida.

Os seres humanos que sobraram na Terra deram início à última época, a Idade do Ferro. Um tempo de luta e trabalho em que as conquistas da espécie, para serem mantidas, dependiam unicamente do esforço humano, sem a ajuda direta dos deuses nem dos heróis. Entregues a si mesmos, os homens seguiram sofrendo, lutando, construindo boas coisas no mundo que herdaram, destruindo outras, algumas vezes por necessidade, muitas vezes por erro de cálculo, por mesquinharia ou ambição.

Os poetas – surgidos dessa última versão da espécie humana – dedicaram-se a narrar o que havia acontecido até ali, procurando preservar a memória da verdade sobre o início do mundo, a origem do homem, o caminho percorrido por seus antepassados, enaltecendo as grandes aventuras, as conquistas, os sofrimentos provocados pelos desmandos dos homens, dos deuses, dos heróis.

Um desses poetas chamava-se Homero e contava suas histórias, relatadas por seus pais e avós, e guardadas com cuidado no fundo do coração. Dedicou-se a contar a Idade dos Heróis. Contava nos palácios, nas aldeias, nas choupanas, nos dias de grande felicidade e nos momentos de tristeza e morte. Contava na esperança de tocar cada ouvinte com a imensidão de tudo o que havia acontecido. Aqueles que o ouviam, ficavam encantados de um dia ter existido tanta alegria, beleza e dor.

Chegou o tempo em que alguém descobriu que era possível registrar de outra forma o passado e de aprender com ele. Era possível contar coisas sem depender apenas da memória e da voz. Os homens poderiam deixar marcado, para sempre, como foi a conquista do fogo, a descoberta da roda, como surgiu o artesanato, a agricultura, a construção das cidades, a lista era infinita. Inventou-se, assim, a escrita.

A escrita permitiu que outros poetas descrevessem os acontecimentos, acrescentando a visão de seu tempo ou a sua própria. Hesíodo foi um deles, grego também, como Homero, e deixou para a posteridade a origem dos deuses e dos homens, narrando a trajetória das eras, do ócio ao trabalho, da impiedade, da justiça. Foi dessa forma, graças à escrita e aos poetas, que se garantiu a permanência de Prometeu, de Pandora, de Deucalião e Pirra até os nossos dias.

REFERÊNCIAS BIBLIOGRÁFICAS

BRANDÃO, J. S. *Mitologia grega*. Petrópolis: Vozes, 1997, v.I.
GRAVES, R. *A filha de Homero*. São Paulo: Globo, 1990.
COMMELIN, P. *Nova mitologia grega e romana*. Belo Horizonte: Itatiaia, 1983.
HAMILTON, E. *Mitologia*. São Paulo: Martins Fontes, 1992.
IRMÃOS STEPHANIDES. *O Deucalião*. Tradução de Ganymédes José. Rio de Janeiro: Ediouro, s/d.